JN034408

妹はカノジョにできないのに

著 鏡遊
画 三九呂

5

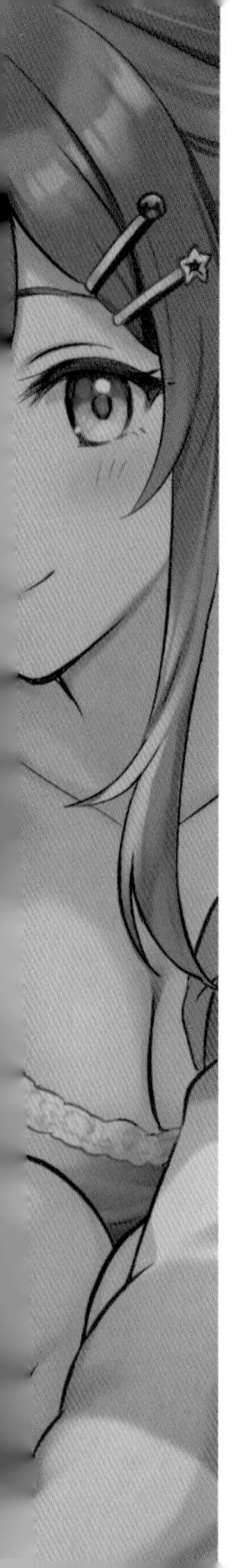

Contents

妹はカノジョにできないのに

5

著——鏡 遊
画——三九呂

IMOUTO HA KANOJO NI DEKINAI NONI

第0話　プロローグ

病院の廊下に響く足音が、ひどく不吉に聞こえた。

高校生になるまで、桜羽春太は病院とはまったく無縁と言ってもよかった。

せいぜい風邪を引く程度で重病は一度もなく、部活をやっていた割にケガの一つもなかった。

だが、この冬になって何度も病院に足を運んでいる。

見知った人が、病院で亡くなってしまったことさえあった。

それでも今回のケースが、なによりも特別だ——

「あの、お兄ちゃん？」

「ん？　ああ、どうした、雪季？」

春太は病院の待合ロビーにいる。

ずらりと並んだ椅子の一つに座り、その隣にいるのは妹の——血が繋がっていないが妹と呼んできた少女の雪季だ。

白のセーター、グレーのミニスカート、黒タイツという格好で、ベージュのコートを膝に乗せている。

寒がりな妹だが、病院内は充分に暖房が効いていてあたたかい。

「いえ……晶穂さん、大丈夫でしょうか……」

まったく意味のない質問だった。

晶穂は救急車で病院に運ばれ、今まさに処置を受けているはずだ。

結果がわかれば、付き添ってきた春太たちに報せてもらえるだろう。

なにも連絡がないのは、処置がまだ終わっていないということだ。

「わからん。心臓なのかどうかすら……」

「……すみません」

「謝らなくていい」

雪季は、無意味な質問をしたと気づいたのだろう。

春太は雪季を責めるつもりはない。

黙り込んでいるより、無意味な質問でもしたくなる気持ちはわかるからだ。

今、治療を受けている月夜見晶穂は、春太の腹違いの妹だ。

つい先日、心臓の病気で母を亡くしたばかりで、遺伝性の心疾患が晶穂にも伝わっている。

春太は、晶穂の心臓に問題があることを既に雪季にも話した。

妙なところでカンがいい雪季が、晶穂の異常は心臓の問題だと気づいたからだ。

雪季にとって、晶穂はただの〝兄の友人〟〝兄のカノジョ〟から、〝兄の本当の妹〟で春太をめぐるライバルへと変わり——

同時に、今は姉のような存在でもあるらしい。

晶穂の心臓の問題は、雪季も知っておくべき――春太はそう思ったのだ。

倒れている晶穂を目撃した雪季に、黙っているのも難しい。

勝手に人の身体の秘密を話したのだから、春太は晶穂に怒られるなら甘んじて受け入れる覚悟もある。

「それより雪季、先に帰ってもいいんだぞ。なにかわかったら、連絡するから」

「いいえ、いさせてください」

雪季は首を振りつつ、短くそう言った。

本当なら、雪季は今日は親友の氷川流琉と冷泉素子と一緒に遊びに行く予定だったのだ。

その途中の公園で倒れている晶穂を見つけ、そこに駆けつけた春太とともに救急車でこの病院に来ている。

もちろん、親友二人には連絡済みだ。

「お兄ちゃんのことも、放っておけません」

「……俺のことはいい。晶穂を心配してやってくれ」

心配したところで、どうにもならない。

だが、他にできることもない――

「桜羽春太くん……だね？」

「え？」

顔を上げると、春太の前に白衣を着た医師が立っていた。

おそらく四十歳前後で、髪を短くして眼鏡をかけている。

当たり前かもしれないが清潔感があり、なんとなく好感が持てる人物だった。

「えっと……」

春太は、眼鏡の奥の目に見覚えがあるような気がした。

何度かこの星河総合病院に来ているのだから、見覚えがあっても不思議はないが。

「ああ、はじめまして。ここの医師だが……こちらの名前を見せたほうがいいかな」

「名前？　山吹碧梧さん……やまぶき？」

春太は医師が白衣の胸ポケットに着けているＩＤプレートを見て、目を見開く。

山吹とは、春太の実母である翠璃の旧姓だ。

「僕は、翠璃さんのイトコなんだ」

「イトコ……母の、ですか」

「ああ、小さい頃はよく一緒に遊んだものだよ。あの人のほうが僕より三つ年上で……本当に綺麗な人だった」

この人は、写真で見た母と目が似ている――

春太は、そう思うのと同時に、この人は母のことが好きだったのかもしれないとも思った。

「こんなところで話をするのもなんだね。ちょっと来ないか？　そっちの君も一緒に」

「……ですが」

「状況はわかってる。月夜見晶穂さんのことは、僕のほうに連絡が来るようにしておいた」

「……わかりました」

春太はこくりと頷いて、立ち上がる。

もう、椅子に座っているだけでもキツく、動けることが嬉しいくらいだった。

隣で雪季も立ち上がった。

春太は一瞬だけ雪季を見てから、先に歩き出した山吹医師の後ろをついていく。


山吹医師は、個人のオフィスを持っていた。

PCのモニターが載った大きなデスクが壁際に置かれており、山吹医師は自分のデスクにつき、春太と雪季はそのそばの椅子に座らされた。

山吹医師は、二人にコーヒーを出すと、自分の椅子に座ってまじまじと春太を見つめてきた。

「なるほど、シンタさんに背格好がよく似てる。あの人も大きかったな」

「……シンタ？　ウチの父親のことまで知ってるんですか」

春太の父親の名前は、真太郎だ。

「翠璃さんとシンタさんは幼なじみだ。僕の家も遠くなかったし、昔から知ってるんだよ」

「なるほど……」

世の中は狭い、と春太は去年の春から思い知ってきている。

実の妹はすぐ近くにいたし、雪季も自分をイジめてきた相手が存在も知らなかった従姉妹だったりもした。

今さら、父と実の母の身近な人間が出てきたくらいで驚くことはない。

「身体つきはシンタさん似だが、雰囲気は翠璃さんに近い。温和で優しそうだが、どこか得体の知れない不思議なところがある」

「……俺ってそんな感じか？」

「…………」

思わず春太が横の雪季を見て小声で訊くと、妹はこくんと頷いた。

「身長は184ってところか。そちらの子も大きいね。174か」

「な、なんでわかるんですか？」

伸びすぎた身長を気にしている雪季が、ぎょっとしている。

「僕は医者だよ。患者の身長体重を確認するのは基本だからね。もう見ただけで誤差なくわかるくらいだよ」

ははは、と山吹医師は軽く笑った。

「おっと、そんな話をしても仕方ないか。春太くん、君は自分のお母さんのことをどれくらい知ってる？」

「いえ、ほとんど。ただ、この病院は母の親戚が経営してると聞きました」

「親戚どころじゃないね。翠璃さんの父上――つまり、春太くんのお祖父さんが事実上のオーナーだよ」

「俺のお祖父さん……」

「お兄ちゃんの……」

春太は、祖父母を知らない。

父方の祖父母は既に他界していると聞いたし、育ての母である冬野家も同じだ。

「だから、君はこの病院ではある程度は融通を利かせられる立場だよ」

「えっ？　お、俺が？」

「君の祖父母は、翠璃さんを本当に可愛がっていたからね。娘を可愛がるあまり、彼女の身体を心配して、出産直後に体調を崩した翠璃さんから春太くんを引き離したわけで」

「ええ……その辺は、だいたい聞いています」

聞かせてくれたのは、この病院で亡くなった月夜見秋葉だ。

春太は、自分が実の母から捨てられたわけではないと知れただけで充分だった。

「君の祖父母だって孫には会いたいんだよ。でも、翠璃さんから君を引き離したことが負い目、になっている。だから、君に会いたくても言い出せないみたいだ」

「山吹先生」

春太は、膝に置いた拳をぎゅっと握り締める。

「その負い目を利用して……晶穂のことで病院に無理をお願いしてもいいでしょうか？」

「なんだか、本当にシンタさんに似てるなあ……あの人も時々、怖かった」

山吹医師は本気で感心しているようだ。

春太は、父がそんなドライでクールな男だったのかと驚いている。

「そうだな、今は月夜見晶穂さんのことが最優先か」

「はい」

「僕は循環器内科——要するに心臓の病気全般が専門だ。月夜見さんのことは前から知ってる。担当じゃないけど、彼女は目立つ子だし」

「先生、晶穂は……どうなんですか？」

「君は月夜見晶穂さんのご家族じゃないだろう。いくら君が翠璃さんの息子でも、患者さんのことを勝手に話すのは医者の倫理に反する」

「待ってください、俺は——」

「お兄ちゃん」

「……ああ」

晶穂との血縁に関しては、そう簡単に人には言えないことだった。

少なくとも、晶穂の同意なしで他人に明かせることではない。

雪季が止めてくれなかったら、春太は口走っていたかもしれない。

「ただ、月夜見晶穂さんのご家族とはまだ連絡がつかないようだね」

「仕方ありません。晶穂の義父は、たぶん今は海外ですから」

春太も、詩人である晶穂の義父の連絡先は知っているし、既に連絡済みだ。

まだリアクションはないが、これは待つ以外にない。

「だったら、月夜見さんの友人に対して、多少のことは言える」

「晶穂は……？」

「簡単に言うなら、命の危険があるというレベルではない」

「………………っ！」

春太は思わず立ち上がってしまう。

同時に、横の雪季も同じように立っていた。

二人は、顔を見合わせてこくんと頷いてから、椅子に座り直す。

「よかった……晶穂は大丈夫なんですね」

「ごく軽い発作で、すぐに処置ができたのもよかった。ついでに言うなら」

「え？」

「身体が冷えないように、上着をかぶせてあったらしいね。些細なことかもしれないが、適切な処置だった。ドラマなんかではたまに見かけるがね、実際にはなかなかできない。春太くん、あれは君が？」

「あ、はい……」

寒がりの春太だったからこそ、思いついたのかもしれない。

晶穂はむしろ普段から薄着すぎるくらいだが、寒い公園で身体を冷やしてしまうとまずい、と反射的に思ったのだ。

「担当でもないから無責任に心配いらないとは言えないが、あまり思い詰めなくていい。僕もできる限り気を配ろう」

「ありがとうございます……」

春太は頭を下げてから——さっと顔を上げて目の前の医師を見た。

今、ここで言っておくべきことが確かにあった。

「あの、山吹先生」

「なにかな？」

「融通を利かせられるって話が本当なら——お願いがあります」

第1話　妹はお願いしたい

「はー、やっぱシャバの空気はいいね。あたし、もう悪いことしないよ」

「ムショにいたのか、おまえは」

一週間後——

春太は晶穂とともに、星河総合病院の門を出て、道を歩き出した。

晶穂はおなじみのスカジャンにホットパンツ、厚手のストッキングという普段とまるで変わらない格好だ。

その晶穂の横を歩く春太は、彼女の大きなボストンバッグを持たされている。

「そこは〝お務めご苦労さまでした、姐さん〟じゃないの？」

「姐さんじゃなくて妹だろ」

野暮なツッコミだとわかってはいるが、春太はボケに付き合いきれない。

まだ、そんなに呑気でいられないのだ。

「もうー、ハルはノリ悪いなあ。それであたしと一緒にロックで世界に羽ばたけるの？」

「いつ世界進出が決まったんだ⁉」

春太は晶穂のＵＣｕｂｅ活動を手伝い、今は謎の長身ベーシスト〝ハウル〟として演奏にまで参加している。

ただ、一時的なサブメンバーであって、あくまでメインのメンバーは晶穂だったはずだ。

「ほら、あたしって身体弱いから。常に支えてくれる頼りになるお兄ちゃんがそばにいないと。ごほっごほっ」

「わざとらしく咳すんな」

晶穂の身体が弱いのは事実なので、強くツッコミづらい。

「いやでも、マジで外の空気は美味いわ。あたし、病院ってやっぱ苦手だって実感したよ」

「まあ、それはわかるが……ちゃんと通院はしろよ。俺も付き添うから」

「はいはい、あたしも死にたくないからね。やることはやるって」

晶穂は苦笑して、ひらひらと手を振っている。

あの山吹医師の言うとおり、晶穂の発作はごく軽いものだった。

本来なら、もっと早くに退院しても問題なかったらしい。

一週間の入院も、念には念を入れて長めに様子見をしてもらったのだ。

それが、春太からの山吹医師への頼み事――その一つだ。

「せっかく、UCubeのチャンネル登録も伸びてきたんだし、ここで長期休業とかなったら最悪だからね」

「マジで伸びたな……しかも特になにもしてねぇタイミングで」

ＡＫＩＨＯチャンネルの登録者数は、先日までは一万をやっと超えたところだったが――

現在、既に三万を超えている。

「まあ、そういうもんだよ。いつどこで誰が伸びるか、誰にも予想できないんだよね。だから面白いんだけどさ」

「面白いが、先が読めないのは厄介だな。ただ、ここは間違いなくチャンスだ」

「そう、次の曲が一番大事だからね。『Ｌｏｓｔ　Ｓｐｒｉｎｇ』、行くよ、ハル」

「あれ、やっぱやるんだな」

晶穂が入院する寸前に、完成した曲データを聴かせてもらっている。

元々は、春太の母と晶穂の母で組んでいた音楽ユニット〝ＬＡＳＴ　ＬＥＡＦ〟の曲で、晶穂がかなりのアレンジを加えている。

春太は初めて聴いたときに、この曲は大きくハネるだろうと予感した。

まだ仮で演奏したデータを聴いただけでもそう思えたのだから、晶穂が本気で演奏し、歌ったらどれほどの衝撃を生むことになるか……。

「あの曲の発表は小細工一切無し。ライブ演奏形式でアップするから」

「マジかよ。それって俺は……」

「もちろん、頑張ってね、お兄ちゃん」

「……都合のいいときだけ兄として頼ろうとしてないか、おまえ？」

春太が嫌そうに言うと、晶穂はニヤリと笑うだけでなにも答えなかった。

ただ、『Ｌｏｓｔ　Ｓｐｒｉｎｇ』は二人の母が生み出した曲だ。

晶穂は、娘と息子である二人で演奏しなければならないと考えているし、春太も頷くしかなかった。

「っと、そろそろタクシー呼ぶか」

「え？　ハル、タクシー使うつもりなの？」

「おまえ、病み上がりだろ。歩きたがると思ったから、少し散歩をサービスしただけだ」

春太は答えて、スマホアプリでタクシーを呼ぶ。

普段タクシーなど贅沢なものは使わないが、今日のためにアプリを入れておいたのだ。

「タクシーなんか使ったら、ハルのゲームショップでの一日のバイト料が吹き飛ぶんじゃない？」

「人のバイト先の安月給を把握すんな。心配いらない、父さんからタクシー代もらってる」

「えっ！　ハルパパこそ安月給じゃないの⁉」

「失礼だな！　そのとおりだが！」

桜羽家はたいして裕福とは言えない。

持ち家である一軒家もごく慎ましいが、父にとっての精一杯なのだ。

「でもおっかしいな。ハルのお父さん、頭いいって聞いたのになんで稼ぎよくないの？」

「知らねぇよ。頭よけりゃいい仕事に就けるってもんでもないだろ」

そういえば、と春太は思い出す。

亡くなった晶穂の母が、春太の父は頭がキレると言っていたことを。

「まあ、ウチの父さんの頭のデキはともかく、気は遣うんだよ。ありがたくタクシー乗っとけ」

「はぁーい。ま、ハルには助けてもらったからね。しばらくは良い子にしてるよ」

「ずっと良い子にしててくれ」

「良い子ちゃんなあたしなんて、魅力もなんもないでしょ」

晶穂は思わせぶりに笑って、肘で春太の脇腹をつついてくる。

春太は不満げな顔をしてみせたが、実際に晶穂の言うとおりではあった。

素直で人に気を遣って、おとなしくしている晶穂など晶穂ではない。

「しばらくといえば、晶穂。おまえ、またしばらくウチに住まわせるからな」

「えっ」

晶穂は母を失ってから、一ヶ月近く桜羽家に居候していた。

だが、雪季の受験直前に晶穂は「曲作り」の名目で自宅アパートに戻ってしまい、流れでそのまま居候が解消されていた。

とはいえ、発作を起こして倒れ、入院までしてしまった今、晶穂をアパートに戻らせるわけにはいかない。

晶穂の義父は仕事の都合で海外にいることが多く、ほぼ一人暮らし状態になってしまう。

退院したばかりの晶穂を一人にできるはずがない。

「文句はナシだ、晶穂。良い子にしてるんだろ？」

「ちぇっ、余計なこと言ったかな」

晶穂は口を尖らせているが、逆らう気はないようだ。

とりあえず――

春太は、晶穂が一度は倒れたあとでも精神的には参っていないことを確認できただけでもよかった。

雪季の受験が終わり、春太の周囲も落ち着いてきている。

今は晶穂の世話を優先するべきだろう。

二〇分ほどでタクシーは桜羽家に到着。

「ただいまー」

と、晶穂が臆面もなく言って玄関のドアを開けるとともに。

「おかえりなさい、晶穂さぁーんっ！」

「うわっ！」

突然、晶穂に何者かが飛びつき、春太が倒れかけた晶穂を後ろで受け止めた。

「ふ、雪季ちゃん？　びっくりした……！」

「あ、すみません、つい……」

雪季は、はっとなって晶穂から離れる。

厚手のセーターに膝丈のスカートという格好で、雪季にしては地味なコーディネートだ。

「私もお迎えに行くって言ったんですけど、お兄ちゃんが一人で充分だからって」

「そのとおりじゃない？　雪季ちゃんに荷物持ちはさせられないし」

「俺ならいいのかよ。いいけどな」

春太は苦笑して、とりあえず二人の背中を押して家の中に入る。

寒いので、早く室内であたたまりたかった。

「はー、やっぱ我が家はいいね」

「おまえん家だっけ？」

「第二の我が家だね。あ、雪季ちゃん。あったかいココアが飲みたいかも」

「お任せください！」

雪季は張り切って返事をすると、キッチンへと小走りに向かう。

「晶穂、人の妹をいいように使うなよ……」

「あたし、雪季ちゃんを妹みたいに感じてるって言ったじゃん。つか、ハル、やっぱ雪季ちゃんは妹でいいの？」

「……習慣っていうのはなかなか抜けないもんでな」

今でも時々、春太は普通に雪季を妹として扱ってしまう。

しかも、雪季のほうも気にしないので、余計に習慣があらたまりそうにない。

「でも、ずいぶん歓迎してくれたね。あたし、あの子のライバルじゃないの？」

「たぶん、そんなこと忘れてるんじゃないか？」

雪季が春太の妹になろうとしているのか、カノジョになろうとしているのか。

今は確実に後者に傾いていて、晶穂をライバル視してもおかしくはない。

未だに、晶穂は春太のカノジョであることは間違いないのだから。

「雪季はお人好しなんだよ」

「そうだったね。あたしも今はのんびりしとくか。怒ったら心臓によくないからね」

「……そうしてくれ」

晶穂は、春太と雪季が一線を越えたことを知って——

見たこともないほどの怒りを見せていた。

晶穂はクールで、怒りに限らず激しい感情を表すタイプでもないのに。

雪季が晶穂をライバル視することを忘れているように、晶穂も今はその一件は棚上げにしてくれているらしい。

「まあ、晶穂をウチで引き取るっつっても、世話をするのは雪季になるんだよな」

「あー、子供が犬とか猫とか飼いたいーっつっても、結局世話をするのはママ、みたいな？」

「自分を犬猫扱いすんな」

だが、実際そういう話でもある。

春太は家事が苦手だし、身内とはいえ異性の世話はやりづらい。

「別にいいんだよ、ハルは。いてくれるだけで」

「無能だってあきらめられてるみたいだな」

「動画編集やって、ベースの練習を毎日八時間やってくれたら文句はないよ」

「そりゃ文句ないだろうな！」

自由時間が根こそぎ奪われるほどの物量だ。

ただでさえ、春太はここしばらく愛するゲームをまったく遊べていないのに。

「お兄ちゃん、あまり大声出しちゃダメですよ。晶穂さんは病み上がりなんですから」

「……わかってるよ」

雪季がカップを三つ載せたトレイを手にリビングに戻ってきた。

「はい、どうぞ、晶穂さん」

「ありがと、雪季ちゃん。はー……美味しい。病院じゃ水かお茶しか飲めなくてさ。これこそ人間の飲み物だよ」

「あっ、いいんですか？　ココアなんて飲んで？」

「いいから退院してきたんだよ。あ、でも、胃がちょっと小さくなってるから、食べ物は優しい味のものがいいかも」

「任せてください。薄味でどれだけ美味しくできるか――ふふ、燃えますね」

「…………」

春太は雪季がいいように使われていても、気にしないことにした。

雪季が本気で、料理に生き甲斐を感じているのも事実なのだから。

「冷蔵庫の中身、見てきますね。なにをつくりましょうか」

雪季はすぐにまたキッチンに戻り、冷蔵庫を開けてぶつぶつつぶやいている。

「ずいぶん張り切ってんな、雪季。晶穂が戻ってきたのが、よっぽど嬉しいのか」

「ハルはいいの？」

「ん？　雪季は料理好きだしな。いつもと違うメニューを考えるのが楽しいんじゃないか？」

「そうじゃなくてさ。もう、雪季ちゃんが雪風荘に引っ越すまで一ヶ月くらいでしょ？」

「……ああ」

雪季は無事に志望校に合格し、来たる春から高校に進学する。

ただ高校に進学するだけでなく、〝雪風荘〟という進学先の女子高の生徒たちが集まっているアパートに引っ越すのだ。

春太が認めたわけではないが、その話はもう動いているし、引っ越し業者の手配もしている。

「雪季ちゃんに家でご飯をつくってもらえるの、もう回数限られてんじゃん。あたしのメシなんかつくらせてていいの？」

「そんなケチくさいこと言うわけないだろ」

確かに、雪季とともにこの家で過ごせる時間はもう残り少ない。

だが、晶穂の世話より自分のことを優先するつもりは、春太にはなかった。

「変なこと心配してないで、晶穂にはやることがあるだろうが」

「あるね。『Ｌｏｓｔ　Ｓｐｒｉｎｇ』の練習が最優先で、アレンジの詰めもしたいし、復帰配信もしないと。あ、ネイビーリーフでモデルもやらなきゃいけないんだっけ」

「ふざけんな、わかってんだろ」

春太は一度リビングを出て、自室へ行ってからまたリビングに戻ってきた。

「どうしたんです、お兄ちゃん？」

「どうしたの、お兄ちゃん？」

雪季も既にリビングに戻っていて、晶穂と並んで座っていた。

晶穂のお兄ちゃん呼ばわりはともかく――

「もう二月も下旬。晶穂、なにがあるか、わかってるな？」

「あ、バレンタインか！　ごめん、ハルにチョコ渡せなかったね！」

「違ぇよ！　学年末試験だ！」

「ちぇっ」

やはり、晶穂もわかっていたらしく、つまらなそうに舌打ちする。

春太と晶穂が通う悠凜館高校は三学期制で、二月の終わりに学年末試験が行われる。

「あたしだけ免除にならないかな。病弱な薄幸の美少女だし。ごほっごほっ」

「だから、わざと咳すんな。義務教育じゃなくて、高校だぞ。テスト受けなかったら、事情があっても留年くらうからな？」

「血も涙もないね。昔は、もっと人情ってもんがあったよ。お醤油を切らしたらご近所に借りに行ったりしてね」

「いくつだ、おまえは。人情、関係ねぇし。とにかく、これを使って勉強しろ」

春太は、リビングのテーブルにノートを数冊どさどさと積んだ。

晶穂はそのうちの一冊を手に取る。

「うわ、テスト範囲の内容、全部まとまってるじゃん。これ、ハルがまとめてくれたの？」

「どうせ暇だからな。自分にも使えるんだから、まとめて損はないしな」

晶穂が入院していた一週間は、実際やることがなかった。

雪季の受験は落ち着いたし、動画編集したくても素材がない。

楽器の練習をするような気分でもなかった。

ならば、確実に晶穂の役に立つことをやろうと、必死に試験範囲の授業の内容をまとめていたのだ。

「うう……高校ってこんな難しいことするんですか。ＪＫになりたいですけど、ＪＫの勉強は嫌です……」

「おーい雪季、はっきり嫌って言うなよ」

雪季もノートをぺらぺらとめくりつつ、本気でうんざりした顔をしている。

彼女は大の勉強嫌いで、受験をなんとかクリアした今、勉強から遠ざかりたくて仕方ないらしい。

「大丈夫だよ、雪季ちゃん。悠凜館は小賢しい進学校だから難しいんだって」

「小賢しいって、おい」

「水流川女子は、悠凜館と比べればずっとレベル低いですもんね！　勉強しなくても卒業までこぎ着けられますか？」

「雪季もまだ入学もしてないのに、楽することばっか考えないように！」

「はぁい……」

素直な妹だが、勉強のことになると兄の言いつけでも若干逆らってくる。

「それに、ミナジョだってそんなレベル低くないだろ。ミナジョ卒業生の進学先見てみたが、ランク高い大学に進んでる人もいるぞ」

「……お兄ちゃん、私よりミナジョのこと知ってますね？」

「そ、そりゃ、雪季も透子も進むんだからな。つららさんにもちょっと聞いたし」

「ほー、この男、理由をつけて美少女と仲良くなるのが上手いんだからなー」

「お兄ちゃん、私を踏み台につららさんとお近づきに……？」

「違う違う！　面倒見がいいとか言ってくれ！」

本当に、春太は冬野つららに下心はない。

つららは派手なギャルで美人ではあるが、今さら周りに親しすぎる女子を増やすつもりはなかった。

「いいから勉強だ！　雪季、おまえも付き合うか？　勉強しとけば、ミナジョに入学してから楽になるぞ」

「あっ、ひーちゃんれーちゃんと遊ぶ予定が急にできました！　晶穂さん、晩ご飯は楽しみにしててくださいね！」

運動神経が悪いはずの雪季が、信じられない素早さでリビングから出て行った。

「先が思いやられるね。ハル、雪季ちゃんが引っ越したってあんたが面倒見なきゃダメなんじゃない？」

「……雪風荘は男子禁制だからな。家庭教師は無理そうだ」

雪季が引っ越すとして、その後の自分と雪季の関係がどうなるのか？

春太はまだ予想できていない。

そもそも、雪季がこの家を出て行くという話が、引っ越しが迫りつつある今でも現実だと思えていないのだ。

「でも、あたしも勉強は嫌だなあ。留年はロックだし、憧れるよね」

「憧れるなよ」

「冗談だよ。さすがに留年はかっこ悪い。このノート、ありがと。助かる」

「……有効活用してくれ」

晶穂に素直に礼を言われると、戸惑ってしまう。

クリスマスに晶穂の母が倒れて以来、彼女には立て続けに大きな事件が起きすぎている。

気弱になっているのでなければいいが、と春太は心配だった。

「勉強するなら、桜羽家にお世話になるのはいいかもね。それに……」

「ん？　なんだ？」

「入院する前、ハルに『Ｌｏｓｔ　Ｓｐｒｉｎｇ』の音源送ったよね？　まだ持ってる？」

「ああ、もちろん」

その送られてきた『Ｌｏｓｔ　Ｓｐｒｉｎｇ』の音源を聞いて、とある問題が解決されたことはまだ晶穂には言っていないが。

退院して生活が落ち着いてからでなければ、話せることではない。

「あの音源、聴かせたい人がいるんだけど。ハル、ちょっと頼まれてくれないかな？」

「…………？」


春太の父は、相変わらず帰りが遅い。

今日も帰宅は午後十一時を過ぎていた。ちなみに、出勤していったのは午前七時だ。

「お？　なんだ、春太か」

リビングに入ってきた父は、ソファに座っている春太を見て軽く驚いている。

桜羽家の子供たちは、夜には自室に戻ることが多く、あまりリビングにはいない。

「雪季と晶穂はもう寝たよ。晶穂はずっと病院で早寝早起きだったから、眠いらしい。雪季も付き合って早寝だ」

「そうか、晶穂ちゃんはウチに来てくれたんだな。よかった」

父は一度リビングを出て一階の自室に行き、着ていたコートとスーツの上着だけ脱いでまた戻ってきた。

まだネクタイすら締めたままだ。

「父さん、メシは？　雪季がシャケ雑炊つくったんだけど、まだ残ってるぞ」

「ほう、それはいいな」

父が本気で嬉しそうな顔をする。

春太は、雪季がラップで封をしておいた丼をレンジであたためる。

そこに生卵を落とせば完成だ。

さすがに春太と雪季はそれだけでは足りなかったので、冷凍の餃子も食べたが、父は雑炊だけで充分らしい。

「いただきます。ん、美味い……薄味だがイケるな。雪季はなにをつくっても上手いな」

「晶穂も喜んで食ってたよ。病院食も美味いけど、アブラも塩も足りなかったってさ」

「その二つが満ち足りてたら病人にはよくないだろう。雪季の料理で喜んでくれたなら、よかったな」

そういう父も、嬉しそうに雑炊をぱくぱく食べている。

雪季の愛情が籠もった料理は、仕事で疲れた父の胃にも優しいようだ。

「俺の母親も――翠璃さんもよく入院してたんだろ？　酒が好きだったらしいが、病院じゃ呑めなくて辛かったんじゃないか？」

「なんだ、秋葉ちゃんから聞いたのか」

「……ああ」

春太は実の母を翠璃さんと呼ぶ。

「母さん」と呼ぶのは、育ての母である冬野白音だけだ。

　そして春太の父は、秋葉をちゃん付けで呼んでいたらしい。

「そうだな、翠璃は酒が好きで、ビールでも日本酒でもワインでもウィスキーでもなんでも呑んでた。ただ、酒量は少なくて、ビールは缶一本、他の酒はナメる程度だったな。ツマミも豆腐やチーズ、野菜スティックなんかで塩辛いものは極力避けてた。あんな酒呑みは、後にも先にも見たことがないな」

「……大変だったんだな、翠璃さんは」

　好きな酒も量は呑めず、ツマミも限られている。

　春太は実の母の人生を垣間見てしまい、ぎゅっと胸が痛くなるのを感じた。

　自分は健康にはまったく問題なく、頑丈すぎるくらいだ。

　こんな自分に産んでくれたことを感謝するとともに、母に申し訳ないとも思う。

　まるで、母の生命力を自分が吸い上げてしまったかのような――

「翠璃は、おまえと酒を呑む日を楽しみにしてたよ。まだ春太が赤ん坊だった頃の話だから、気が早すぎると思ったが……」

「……今度、翠璃さんの墓参りに行くときは酒を供えるよ。好きだった銘柄とか教えてくれ」

　春太の言葉に、父は黙って頷いた。

　いつか、自分が酒を呑める歳になったら母の写真の前で一杯呑もう。

春太は、そう決めつつ——本題を切り出すことにした。

「父さん。LAST LEAFの曲を晶穂に教えたのって、父さんだったんだな？」

「若い頃の記憶力というのはたいしたものだ」

父は、雑炊の最後の一口をぱくりと食べてから。

「あの頃、翠璃たちの演奏を耳で聴いただけなのに、今でもしっかり自分で演奏できたよ」

「まったく、いつの間に……」

「一月の終わりくらいだったかな。晶穂ちゃんが初めて私の部屋に来て、翠璃たちの曲を知っていたら教えてほしいと頼んできたんだ。頼まれなかったら、私もいつか忘れていたかもしれないな。彼女に受け継いでもらえて、秋葉ちゃんも喜んでいるんじゃないか」

「……父さん、これ聴いてくれ」

春太はポケットからスマホを取り出し、操作してテーブルの上に置く。

スマホのスピーカーから流れ出したのは、もちろん——『Lost Spring』。

父は無言のまま、目を閉じて曲を聴いていて——

「なるほど、晶穂ちゃんがアレンジするとこうなるのか。私がどうイジり回しても、こんな良い曲には仕上げられないだろうな」

「そりゃあ、おっさんとはセンスが違うだろ」

「言ってくれるな、春太」

ははは、と父は苦笑して——

「やっぱり、晶穂ちゃんは秋葉ちゃんの娘だな。秋葉ちゃんはボーカルだったが、翠璃に習ってキーボードも弾けたんだ。晶穂ちゃんのギターはどことなく母親の演奏を感じさせるよ。ガムシャラで勢いがあって、それでいて繊細で——」

「………」

春太は、父の肩がわずかに震えていることに気づいた。

未だに、春太は父と秋葉の間になにがあったのか知らない。

だが、浅からぬ関係であったことだけは間違いないだろう。

その秋葉は世を去り、ともに『Ｌｏｓｔ　Ｓｐｒｉｎｇ』を奏でていた妻もとっくに亡くなっている。

この曲は、父にとってあまりに思い出が多すぎるのだろう——

「父さん。俺は、晶穂をこの家に引き取りたい。一時的な居候じゃなくて」

「……なんだ、唐突に」

「晶穂は元のアパートを離れたがらないが、一人にはしておけない。多少嫌がっても、あいつを引っ張ってこようと思ってる」

「だが、彼女の身体に問題があるからこそ、簡単に引き取るとは言えないぞ」

父の言うことは正論だった。

だからこそ、春太もできる手は打ってある。

「俺の――翠璃さんの親戚で医者がいる。星河病院で会ったんだよ」

「ああ……碧梧か？」

父も、元から親しかった山吹医師が星河総合病院に勤務していることは知っていたらしい。

「あいつとも長く会っていないがな。碧梧がどうかしたのか？」

「お願いして、晶穂のことでは特別に便宜を図ってもらえることになった。なにかあれば即入院できて、二十四時間いつでも相談に乗ってくれるらしい。連絡先も交換してきたよ」

そう、春太は晶穂のことでは母方の実家に全力で頼ることにしたのだ。

あくまで母は冬野白音と口で言っておきながら、実の母の家に頼るなど図々しいにもほどがある。

それがわかっていても、春太は晶穂のためにプライドや恥など捨てることに決めた。

「……甘いな、碧梧も。あいつは、翠璃のことを実の姉のように思ってたからな」

「そこにどっかりと乗っかることにした。晶穂を守れる態勢は固めておく。だから――」

晶穂を引き取るかどうか、決めるのは春太ではない。

大人で家主である、桜羽真太郎が決めることだ。

実の兄であろうと、口でなにを言おうと、春太はまだ未成年であり、社会的には晶穂の親族ですらない。

もしも晶穂になにか起きたら、責任を取るのは大人である父なのだ。

だから、春太はできる限りのことをして、あとは父の決断に委ねるほかない。

「そうだな、碧梧や山吹家の人たちは春太を特別扱いするだろう。おまえは、ただ一人の翠璃の忘れ形見だからな」

父も、山吹家の人たちのことは知っているらしい。

山吹翠璃とは幼なじみでもあったそうだから、当然のことではある。

「本来なら私からも山吹家に挨拶するべきだろうが、翠璃との離婚のときにいろいろあってな。私が間に入らないほうがいいだろう。春太、山吹家との交渉はできるか？」

「交渉ってほどのことができるかは……ただ、山吹先生と祖父祖母って人たちにお願いするしかない」

「ああ、それでいいだろう。碧梧も山吹の人たちも優しい。晶穂ちゃんのことは、あの人たちにならら任せられる」

「そうか」

春太は、ぐっと拳を握り締めた。

もちろん、自分が血縁を利用して無理を通していることは理解している。

「こんなのズルいやり方なんだろうが、俺には他に晶穂のためにできることは……」

「ズルいこともやれるようになったのは、悪いことじゃない。おまえも大人になってるんだ、春太」

父は、うっすらと笑って――

「春太、他にもなにか言いたいこと、訊きたいことはあるか？　こんなのは私も照れくさいんだが、せっかくの機会だ。父と息子の語らいというヤツを済ませておこう」

「…………」

春太は、こくりと頷く。

はっきり言われるまでもなく、父が言いたいことはわかった。

父は今夜、春太が言うことは受け入れると言ってくれたのだ。

もちろん、父と話しておきたいことなどいくらでもある。

ずっと先送りにしてきたことがいくつも――

ただし、今夜ここで語り合ったことは、古めかしいが〝男同士の秘密〟になるだろう。

第2話　妹はそろそろはっきりさせたい

「雪季ちゃーん、高校合格おめでとおおおおっ！」

ギャギャーンッと、晶穂がエレキギターを激しくかき鳴らす。

アンプから鳴り響く音に、春太は思わず耳を塞いだ。

「おい、晶穂！　音がデカすぎる！　もうちょい抑えろ！」

「はいはい、まったくロックじゃないんだから、ハルは」

晶穂は、やれやれと呆れつつアンプの音を調整する。

「今のは開幕だから派手にヤっただけ。桜羽家が騒音で訴えられたら悪いからね」

「いいえ、晶穂さんありがとうございます。今のお祝い、心に響きました」

雪季も晶穂のテンションに影響されたのか、おかしなことを言って頭を下げる。

ここは、桜羽家のリビング。

今日は昼から、〝雪季の合格祝い〟が開催されている。

いや、合格祝いは何度も開催済みなのだが。

合格の直後に、今は実家に帰っている透子もまじえて桜羽家で開催されたのが最大のものだっただろう。

その後、雪季の二人の親友、氷川流琉と冷泉素子の二人も無事に受験に合格してから、この三人での合格祝いもあった。

その際は、当然のように春太も参加している。

そして、本日は合格祝いに加えて——

「晶穂さんもおめでとうございます……でいいんでしょうか？」

「いいんじゃない？　退院、マジめでたいし。もう素材の味を活かしすぎた料理ともおさらばだし、いつでも好きなときにシャワー浴びられるし、シャバの暮らしは最高だぜっ！」

じゃじゃーんっ、と再びギターをかき鳴らす晶穂。

音量を抑えていても、それなりにうるさい。

「まあ……確かにめでたいな。晶穂もおめでとう」

「雪季ちゃんのついでに祝ってくれてありがと、ハル」

「お、おまえなあ……」

「ジョーク、ジョーク。今日は三人だけの内輪のお祝いなんだし、仲良くやろう、仲良く」

「はいはい。でも、二人ともその格好は……」

「いいでしょう、お兄ちゃん♡」

「ちょっと恥ずいけど、悪くないかも？」

ソファに座っていた雪季が立ち上がる。

今日は長い茶髪を二つのお団子に結び、赤を基調としたチャイナドレス姿だ。

スカート部分はかなり短く太ももがあらわな上に、深いスリットまで入っている。

ただ普通に立っているだけで、パンツが見えてしまいそうだ。

胸もぴったり布地が密着していて、中学三年生にしては大きなふくらみが強調されてしまっている。

「ああ、可愛いな、雪季。そういうのも似合うんだな」

「ふへへ♡」

兄にストレートに褒めてもらい、雪季は満更でもなさそうに笑う。

「おいおい、こっちも見てもらわないと。あたしも恥を忍んでこんなカッコしてんだから」

「意外だよなあ……」

晶穂は、黒を基調にしたフリフリのゴスロリドレスだ。

こちらもふわっと広がったスカートは短く、太ももがあらわ。

しかも肩から胸にかけて肌が剝き出しで、小柄な身体に似合わない大きすぎる胸の谷間がくっきり見えている。

「言っとくけど、雪季ちゃんのご希望だから。なんなら、雪季ちゃんに引っ張って行かれて買ってきたから」

「別にそんなところ主張しなくても」

実際、晶穂のキャラクターには合わない。

春太もそろそろ晶穂と出会ってから――実は再会だったのだが――一年近くになるのに、私服のパターンはあまり見た覚えがない。

晶穂は夏でも冬でもだいたいパーカー姿で、下は短いスカートかホットパンツをはいている。

上着を着るにしても、スカジャンなどボーイッシュなデザインを好むようだ。

そんな晶穂には、フリフリヒラヒラのゴスロリドレスは――

「確かに、気は確かなのかと思いはするけどな」

「確か、をかぶせてまでディスってきたね、こいつ」

じろり、と晶穂がジト目を春太に向けてくる。

「でも晶穂、小さいし、意外と似合ってるんじゃないか？」

「小さいは余計だよ。デカくても着れるでしょ。そういうわけで、次は雪季ちゃんがゴスロリ着てみたら？」

「長身でも似合うと思うんですが、私はそういう派手すぎるのは苦手で……」

「おい、この子の兄貴。自分が嫌なものを人に着せてるよ、あんたの妹」

「雪季はファッションには妥協しないからな。晶穂には似合うと思ったから着せてるんだろ」

「さすがお兄ちゃんです、よくわかってます」

雪季がニコニコと笑う。

「あ、晶穂さん、写真は何枚まで撮ってOKですか？　あと、SNSにアップするのは事務所的に大丈夫でしょうか？」

「あたし自身の許可がスルーされてない？」

そう言いつつも、晶穂は雪季にスマホで撮られるままにしている。

こんなゴスロリ服を着た以上は、雪季に撮影されることはとっくに承知していたのだろう。

「は～、満足です……って、お兄ちゃん、晶穂さん！　お料理が冷めちゃいます！」

「いや、俺は気づいてたが」

「あたしも。まあ、雪季ちゃんが満足いくまで好きにすればいいと思ったし」

「……お兄ちゃんだけじゃなくて、晶穂さんまで私に甘いですね？」

雪季は、戸惑った苦笑いを浮かべている。

その雪季がつくった料理が、リビングのテーブルにずらりと並んでいる。

餃子に麻婆豆腐、回鍋肉、八宝菜、春巻、エビチリ、焼きそばに炒飯まで。

三人ではとても食べきれない量の中華料理だった。

雪季は本日のメニューに合わせてチャイナドレスを着ている——いや、チャイナドレスを着たかったので、それに合わせて中華料理にしたのだろう。

「あたしもハルも中華好きだしね。雪季ちゃんが引っ越していなくなってた隙に、よく二人きりでラーメン食べに行ったもんだよ」

「なるほど。お兄ちゃん、そのあたり詳しく」

「ま、待て待て、人聞きが悪い。ホントにただラーメン食いに行っただけだろ！　それより、マジで冷めるから食おう」

「ごまかされた気もしますが……そうですね」

「「いただきます」」

　春太と晶穂が同時に言って、箸を手に取った。

「うん、美味い。この餃子、まだ熱々だな」

「この回鍋肉ってあたしが全部食べていいんだっけ？」

「おいおい、許可もらう前に肉をごっそり持っていくな！」

　晶穂は菜箸で、回鍋肉を肉多めで自分の皿にたっぷりよそっている。

「あ、そうでした。回鍋肉は晶穂さんがお好きかと思って、もう一皿つくってあったんです。持ってきますね」

　雪季は立ち上がって、ぱたぱたとキッチンへ向かう。

「さすが雪季ちゃん、気が利くね。あたし入院で痩せちゃったし、たくさん栄養とって、もっとおっぱいも育てないと」

「ふーん」

「ハル、もっと反応しろ！　あたしのおっぱいなんてもう飽きてるのかもしれないけどさ！」

「だから人聞きの悪いことを言うな！」

春太は雪季が聞いていなくてよかった、と密かに安堵する。

「ただ、あんま食いすぎるなよ。食べ残しても雪季は気にしないから」

「大丈夫、大丈夫。せっかくのパーティーなんだし、今日くらいは気にせずに食べないと」

「退院してから、あんま節制してるようにも見えないけどな……」

「でもマジで体力つけたほうがいいんだよ。雪季ちゃん、味付けとか抑えてくれてるみたいだし、大丈夫じゃない？」

「なんだ、気づいてたのか」

春太も八宝菜を食べつつ、頷いた。

間違いなく美味いが、以前の雪季の味付けよりも優しい味になっている。

「ま、食べられるうちに美味しい物食べとかないとね」

「……おい」

「なんてね。ほら、お母さんだって普通に寿司食ってお酒呑んでたじゃん。あたしら、食事はそこまで制限ないんだよ。晶穂さんはまだ成長期だし、栄養とらないと」

「成長期ねぇ……」

春太は、晶穂をじぃっと眺める。

身長は確かに低いが、胸は充分すぎるほど大きいので栄養は足りている気もする。

「なんか言いたいことありそうだね。いいよ、今日はめでたい日だし、広い心でなんでも受け入れてあげよう」

「まあ、晶穂は実際、割と寛大だけどな……」

そこは春太も認めざるをえないところだ。

カノジョとしては、浮気も相手によっては多少認めなくもないらしい。

寛大すぎて怖いくらいだが。

「はーい、お待たせしました。回鍋肉の追加と、たまごとわかめのスープもありますよ」

「まだ追加があるのか。雪季、大変だっただろ？」

そこに料理を持って戻ってきた雪季に、春太は思わず呆れてしまう。

「せっかくのパーティーですから。目一杯腕を振るいました！　晶穂さんの退院祝いがメインですし。パパも材料費、どっさり渡してくれましたし！」

「雪季に甘いのは俺と晶穂だけでもないな」

父は、血の繋がりがない雪季を、実の息子である春太以上に可愛がっている。

「追加の回鍋肉、いただき！」

「あ、待て晶穂！　そっちは俺のだろ！」

「もー、ケンカしないでください！　みんな仲良くですよ！」

一番年下の中学生女子が、高校生男女をたしなめている。

情けない光景だった。

仕方なく、春太と晶穂は公平に料理を分け合い、しばらく我を忘れて食事を楽しんだ。

「ふぅー……めっちゃ食ったな……」

「お兄ちゃん、本当にすっごい食べましたね……私、いくらなんでもつくりすぎたと反省してたんですけど。私の反省、返してもらえます？」

「そんな形のないものは返せないな。いや、でも美味かった」

リビングのテーブルを埋め尽くすほど並べられた料理は、ほとんどがなくなっている。

「ホント、食べすぎだよね。ハル、さすがに太るよ？」

「晶穂には言われたくねぇなあ」

もちろん、料理を春太が一人でたいらげたわけではない。

晶穂も春太に勝るとも劣らない量を胃に収めている。

「あっ、雪季は大丈夫だったか？　足りたか？」

「私、お兄ちゃんたちの半分も食べてませんけど、お腹いっぱいですよ。チャイナドレスがちょっとキツくなってきたくらいです」

雪季は身体に密着したチャイナドレスのお腹を撫でている。

「まー、ハルはね。食欲と性欲を同時に満たせてるわけだからね」

「性欲は満たしてないだろ！」

春太は食事を楽しんだだけで、変なことはしていない。

チャイナドレスとゴスロリドレスの美少女を眺めながらの食事が、楽しくなかったと言えば嘘になるが。

「さて」

「どうした、晶穂？」

晶穂が、ごくごくとお茶を飲み干し、コップをテーブルに置いた。

「せっかく三人揃ってるんだし、あたしがメインらしいから、言いたいこと言っていい？」

「……なんだ」

春太は、ごくりと唾を呑み込む。

晶穂からは、彼女が倒れて入院する前に〝雪季との一夜〟の件で責められている。

その後、晶穂と険悪な関係になったわけではないが――あの件が終わったとは思っていない。

「雪季ちゃん、ハルとヤったね？」

「…………っ」

ぼっ、と雪季が真っ赤になる。

「お、おい、晶穂。そんなストレートな……！」

「ボカしてもしゃーないでしょ。ああ、雪季ちゃん、ハルが吐いたっていうか、あたしがなんとなく察しただけだから」

「そ、そうなんですか……」

雪季は真っ赤になったまま顔を伏せてしまう。

派手な陽キャに見えても雪季は恥ずかしがりで、性的な話は大の苦手だ。

「それで、どうなの？　ハルには確認したけど、一応雪季ちゃんにもね。あたしには、確認する資格、あると思うから」

「はい……あると思います」

雪季は、こくりと頷いて。

「その、お兄ちゃんと……受験の前の夜に……その……」

「はい、そこまで。オッケー、よく頑張りました」

晶穂は、ぱんと手を打ち合わせて雪季を制した。

「あたし、そこまで悪趣味じゃないから。雪季ちゃんにみなまで言わせないよ」

「あ、晶穂さん……」

「…………」

いや、ほぼ全部言わせたみたいなもんだろう、と春太は思ったが、口は挟めない。

「一応、まだあたしがハルのカノジョなんだよね。別れた覚えはないから」

「……ああ」

そこは春太も認めるしかない。

晶穂が腹違いの妹だとわかってからも、ズルズルと数ヶ月も経ってしまった。

ただ、晶穂との関係が壊れるのが怖くて、引っ張ってきた春太の責任だった――

「ごめんなさい、晶穂さん！　私、晶穂さんがまだお兄ちゃんのカノジョで、お兄ちゃんのこと好きだってわかってたのに！　私が悪いんです、私がお兄ちゃんを誘ったんです！」

「ま、待て、雪季。そこまで言わなくていい。俺が一番悪いに決まってるだろ」

「ハルこそ待ちなよ。男だからとか年上だからとか、そんなことを理由に、現実を無視して一人で責任を背負い込まないように」

晶穂が腕組みして、じろりと春太を睨んでくる。

「そうだね、雪季ちゃんが言ったとおりなら、ハルより雪季ちゃんのほうが悪い。ハルが流されやすいことも、雪季ちゃんなら知ってただろうしね」

「はい……ごめんなさい、晶穂さん」

「わかった、許そう」

「えっ!?」

ぺこりと大きく頭を下げていた雪季が、大慌てで顔を上げる。

春太も思わず、晶穂の顔をじいっと凝視してしまう。

その晶穂は真面目そのものの顔をしていて、冗談だと笑い出したり、逆に「そんなわけない」と怒り出す様子もない。

「謝ったなら許すよ。ハルには言ったけど、あたしは寛大なんだよ」

「か、寛大すぎませんか……？　私、お兄ちゃんをね、寝取り……みたいな……」

「えぇー……雪季ちゃんみたいな可愛い子が寝取るとかそんなワード、口に出してほしくないなあ。あたしの天使なのに」

「おまえ、本格的に雪季を妹だと思ってないか？」

春太は雪季を妹と思ったり思わなかったりとブレてきたが、妹を取られるとなると複雑な思いがしなくもない。

「あたしは、現実を受け入れることにしたんだよ。心臓ヤバくなって倒れて、現実逃避してる場合じゃないって気づいたから」

晶穂は腕組みを解き、自分の胸に触れる。

「だから、まずはこれを言わないと。あたしとハルがずっと受け入れずにきた現実を、はっきりさせないとね」

「な、なんだ？」

「ハル、別れよう」

「…………っ！」

春太は、ソファから立ち上がってしまう。

別れはいつか、必ず訪れることはわかっていた。

春太と晶穂は、血が繋がった兄妹なのだから。

歪な関係をずっと続けてきたが、それはどちらかが現実を受け入れれば終わることもわかっていた。

先に、晶穂のほうが現実に戻ることを決めたのだ——

「まず、あたしはクラスメイトの晶穂さんに戻るよ」

「ま、待て。クラスメイトって……それだけじゃ済まないだろ」

「そう、あたしたちはただのクラスメイトでもいられない。ハル、あたしに上着をかけて、言ってくれたよね」

「え？」

春太は立ったまま、小柄な少女を見下ろす。

「晶穂は妹だ——って。あの言葉のおかげで、あたしは死なずに済んだのかもしれない」

「……聞いてたのか」

「うっすら聞こえた程度だけどね」

公園で倒れていた晶穂に、春太は確かにそんな言葉をかけた。

雪季もまた、すぐそばでその言葉を聞いていた。

証人付きの、ごまかしようがない──ごまかすつもりもない言葉だった。

「いや、俺はなにもしてない。おまえ、あのときの発作はたいしたことなかったんだろ」

「発作が軽く済んだのはハルのおかげだって思うことにしたんだよ。ううん、ハルじゃなくて──お兄ちゃんのおかげ、だ、っ、て」

「…………晶穂さん」

雪季もまた、複雑そうな顔をしている。

自分以外の人間が、春太を兄と呼ぶことになんとも思わないはずがない。

「って、ちょっと余計なこと言いすぎたか。せっかくのパーティーなのにね」

晶穂は明るく笑い出したが、春太は笑える気分ではない。

もちろん、雪季も笑わなかった。

晶穂が明確にカノジョでなくなり、妹になろうとしている。

これは春太、雪季と晶穂の三人の関係で──あまりにも大きすぎる変化だった。

三人の間を大きく分かつ、深い亀裂が入ってしまったような──

春太は、そんな気がしてならなかった。


「やっぱり、ちょっと狭くないか？」

「しゃーない。あんたがデカすぎんだよ、ハル」

「そんなこと言われても」

パーティーの後片付けが済み、三人とも入浴も済ませて。

春太は、晶穂とともに雪季の部屋にいた。

あまり広いとも言えない部屋で、雪季のベッドの他に、床に布団が一つ敷いてある。

「あんたはでっかいけど、あたしはちっさいからちょうどいいでしょ」

「プラマイでちょうどいいって感じじゃないぞ。完全に俺、はみ出してるだろ」

「でも、ハルと雪季ちゃんを一緒に寝かすわけにもいかないじゃん。あたしは妹だからいいけど。妹だから」

「……晶穂さん、私を挑発してますか？」

ベッドの上に寝転んでいた雪季が、じぃーっとジト目で晶穂を睨んでいる。

この部屋の主である雪季が自分のベッド、床の布団に晶穂と春太。

三人で〝枕を並べて寝る〟ということになってしまった。

春太は、正直なところ居心地の悪さを感じている。

晶穂は春太とはっきり別れて妹になり――

雪季とは兄妹ではありえない一線を越えてしまった。

この関係の二人と同じ部屋にいて、ぐーぐー眠れるほど神経は太くない。

「……なあ、やっぱ俺は自分の部屋に戻っていいだろ？」

「ダメ」

「ダメです」

晶穂と雪季が、同時にきっぱり拒否してくる。

どうやら春太は逃げられないらしい。

妹だった少女と、妹になった少女は、二人揃ってテンションが上がっているのではないか。

パーティーのあととはいえ、危うく修羅場になりそうだったのに、ハイテンションでいられるというのも妙な話だ。

「パパはもう寝ましたし、なんの心配もいりませんよ」

「それはそうだけどな……」

今夜は父も帰宅しており、雪季が残しておいた材料で手早くつくった中華を美味そうに食べていた。

満足して早くも寝床に入ったようで、二階のことは気にしないだろう。

父とは一度腹を割って話し、雪季と晶穂のことは完全に春太に任せたようでもあった。

実際、父が口出しする問題でもなくなっている。

晶穂にとって、遺伝的な意味での父が誰か、という点はあまりたいした問題ではないようだから。

「布団からはみ出して寝るのは寒そうだなあ……まだ夜は冷えるぞ」

「お兄ちゃん、やっぱり私のベッドに来ますか？　実はこのベッド、セミダブルですよ？」

「え、そうだったのか？　本当だ、なんかデカいな」

春太はがばりと起き上がって、雪季のベッドをあらためて眺める。

雪季が一度引っ越し、また戻ってきてからこの部屋には普通に出入りしてきたが、気づいていなかった。

「つーか、ダメに決まってんじゃん。あたしは妹だから、一緒の布団に入っても許されるだけだよ？」

「普通、高一にもなったら兄貴と妹で同じ布団では寝ないけどな」

「どの口が言うの？」

「……すみません」

春太は高一の時点でも、まだ実妹だと信じていた頃の雪季とイチャつき、風呂にまで一緒に入っていた。

確かに春太がどうこう言えることではない。

「うーん……」

「なんだ、雪季？」

雪季がなにやら唸って、ベッドから下りて部屋を出て行った。

そうかと思うと、すぐに戻ってきた。

「どこ行ってたんだ、雪季……って、掛け布団持ってきてくれたのか」

「それでは寒いですよね。毛布も持ってきましたよ」

雪季は、春太の部屋に行ってベッドの掛け布団を持ってきてくれたのだ。

さすがに長年、世話焼き妹をやっていただけあって、気が利く。

「おー、雪季ちゃん、ありがと。これであたし、ぽっかぽかだ」

「おまえが独占する気か！　だいたい、晶穂は寒がりじゃないだろ！」

晶穂は冬になっても、寒がりの春太から見れば正気を疑うような薄着で外をウロウロしていた。

「お兄ちゃん、晶穂さん、二人で仲良くお布団を分け合ってください。いいですね？」

「……はい」

「もしかして、雪季ちゃんがお姉ちゃんではないだろうか？」

春太は素直に頷き、晶穂は首を傾げている。

とりあえず、春太と晶穂は雪季に言われたとおりに二人で布団を分け合う。

春太としては、いくら妹になったといっても、雪季の前で晶穂と同じ布団に入るのはかなり気が引けるが……。

「そうです、それでおっけーですよ」

雪季はベッドの上から身を乗り出してきて、ぎゅっと春太と晶穂の手を握ってきた。

「おい、雪季。危ないぞ、ベッドから落ちる」

「いくら私でもそこまで運動神経終わってませんよ。じゃあ、こうします」

雪季はベッドから下りて、春太と晶穂の枕元にぺたりと座った。

それから、あらためて春太と晶穂——兄妹の手を握ってくる。

「少し——いえ、凄く複雑な気がするのは認めます。でも、同じくらい嬉しいんです。お兄ちゃんと晶穂さんが兄妹になってくれて」

「……認めてくれるの、雪季ちゃん？」

「二人は本当の兄妹なんですから。でも、私の許可が必要だっていうのなら——認めます、認めます」

「雪季……」

春太は雪季に手を握られたまま、身体を起こす。

晶穂も同時に、同じようにして起き上がり、布団の上に座った。

「きっとこれでよかったんです。これが本当の私とお兄ちゃん、晶穂さんの関係なんです」

雪季は、微笑んで——

だが、その大きな瞳は確かに潤んで、今にも涙がこぼれてしまいそうで。

「お兄ちゃん、晶穂さん。私、決めました。もう行ったり来たりはやめにします。私は、桜羽雪季を本当に卒業して、冬野雪季になります」

ぎゅっ、と雪季は春太の手を握る手に力を込めてきた。

春太はその手を握り返すことができない。

雪季が、まだなにか言おうとしていたから。

「私、雪風荘に引っ越します。桜羽家を出て、お兄ちゃんに守られるだけの自分をやめて、まずは妹じゃない雪季になります」

そう宣言した雪季の瞳から――

ぽろり、と涙がこぼれた。

そのまま、ぽろぽろと涙がこぼれて止まらなかった。

「……雪季。わかった、もうそれ以上言わなくていい」

「はい……」

春太は、雪季の涙をぬぐってやることもできない。

自分がなにかやれば、雪季が今まさに決めた覚悟を壊してしまうかもしれないから。

妹の、妹だった少女の決意を変えることはもうできない。

晶穂も黙って、雪季の手を握り締めるだけだった。

あの日、あの夜、公園のブランコで終わったはずの桜羽春太と桜羽雪季の、兄妹の時間はしばらくの延長期間を経て――

今度こそ、終わったのだ。

第3話　妹は夢を叶（かな）えたい

「行くよ、ハル、キラさん」

「ああ」

「私のことは気にしなくていい。ＡＫＩＨＯちゃん、サクハル、二人でやりたいようにやってくれ」

「はい、そうします」

晶穂（あきほ）は、ニヤリと笑う。

なにもない、がらんとしたステージ。

立っているのはギターとベース、ドラムの三人だけ。

機材がそのまま乱雑に置かれ、水分補給用のペットボトルも隠（かく）していない。

すべてありのまま、自分たちはただ歌い奏（かな）でるだけ。

晶穂（あきほ）が望んだのは、そんなステージだった。

「ハル、ミスってもいいから、遅（おく）れず追いかけてきて」

「ミスせずに追いかけてやるよ」

「それが最高」

晶穂はまたニヤッと笑うと、ギターを軽く奏でた。

その晶穂は、黒いパーカーにデニムのホットパンツという服装。

春太とキラは、黒いスーツの上下にサングラスという怪しげな格好だ。

今日は『Ｌｏｓｔ　Ｓｐｒｉｎｇ』生配信の日。

晶穂が要望したとおり、ライブ形式で公開することになったのだ。

はっきり言って演奏に自信がない春太は、事前収録で公開してほしいと本気で思っている。

だが、晶穂はこの曲だけはライブで世に出したいと望んだ。

ならば春太もキラも反対はできない——この曲は晶穂がよみがえらせ、晶穂が歌い奏でるのだから。

ステージの前にカメラが三台置かれ、撮影スタッフがリアルタイムで映像を切り替えていく。

配信開始時間は決められ、ＳＮＳなどでも既に告知してある。

「行きます」

晶穂は、そう短く宣言した。

配信開始時間は決まっているが、多少のズレはＯＫということになっている。

いつでも、晶穂のタイミングで始められるのだ。

晶穂がドラムのほうを振り向き——

ドラムのキラがスティックでカウントを出して、晶穂と春太が演奏を開始する。

天井の照明が、なにもないステージを光で彩る。

ギターが鳴り響き、春太のベースとキラのドラムがリズムを刻む。


「…………………………っ！」


晶穂は叫ぶ。

本来、静かな曲だった『Ｌｏｓｔ　Ｓｐｒｉｎｇ』は晶穂のアレンジによって激しい曲へと生まれ変わっている。

そう、晶穂のボーカルは歌というより叫びだ。

その叫びはあまりにも高く激しく、絶叫といったほうがいい。

春太が冷や冷やしてしまうほど。

晶穂の心臓が止まるのではないかと、本気で心配になるほどに。

いや、晶穂の叫びが凄まじすぎて春太の心臓のほうが止まってしまいそうだ。

春太はコーラスまで任されているが、素人が力任せにがなっているだけの声など晶穂の声量にかなうはずもない。

中学時代はバスケ部にいて、大声を出すことにも慣れているのに。

晶穂はギターも負けずに激しくかき鳴らし、春太はついていくだけで精一杯だった。

キラは危なげなくついていっているが、実は必死なのかもしれない。

それほどまでに晶穂の歌もギターも突っ走っている。

いつものマイペースでクールな晶穂はどこへ行ったのだろうか。

ビリビリとスタジオの空気を激しく震わせ、晶穂は心臓を鷲掴みにしてくるような叫びを上げ続けている。

どこにもない春を探しにいこう

これは二人の少女が、希望を託した歌。

未来が見えなかった少女たちが、自分たちには春などない、青春もなにもあったものじゃないとヤケになって歌った曲。

だが、きっと晶穂は違う——

春太は、晶穂の歌はオリジナルの曲とは違うと確信している。

晶穂は生きるために歌っているのだ——

生き続けてやると、その心臓を激しく脈打たせて絞り出すような声で歌っている。

春太は、晶穂がライブでの配信にこだわった理由がわかった気がした。

この強烈なパフォーマンスは、何度でも録り直し可能な状況では決して生まれない。

今この瞬間に生まれる声で歌うからこそ、晶穂の歌は〝生きるための歌〟として視聴者たちに届いてくれる。

なんの根拠もないが、春太にはそう思えてならなかった。

どこにもない春を探しにいこう
居場所のない僕ら辿り着こう

きっと、俺たちの春は見つかる。

山吹翠璃と月夜見秋葉、この曲を生んだ二人にも晶穂の歌は届く。

春太は必死にベースを奏でながら、涙をこらえながら——そう思った。


「おお……！」

「マジか……？」

無事に学年末試験も終わり、ようやく春太たちの周囲も落ち着いて。

そして、『Ｌｏｓｔ　Ｓｐｒｉｎｇ』のライブ配信から三日後——

「ハ、ハル……あたしの見間違いじゃないよね？」

「あ、ああ……落ち着け、晶穂。まだ慌てるような段階じゃない」

春太と晶穂は、テーブルの上に置かれたノートPCの画面を見つめている。

特に晶穂のほうは、顔が画面に当たりそうなほどだ。

「まさか、こんなにハネるとは……まだ数字伸びてんぞ。しかもリアルタイムで」

「ああ、あたしもう見てらんない、逆に」

「なんの逆だよ。いや、こんなの二度と見られないかもしれないぞ。見とけ、見とけ」

「えぇ～……」

晶穂は、一度顔を離しつつも、ちらちらとノートPCの画面を見てはいる。

ここは、晶穂が契約している芸能事務所〝ネイビーリーフ〟の打ち合わせ用スペース。

初めて春太が晶穂とともに事務所を訪ねたときにも通された場所だ。

春太たちは、スペースのテーブル前に座り、事務所の備品であるノートPCでAKIHOチャンネルの登録者数を確認しているのだ。

「まさか、こんなあっさり十万人を超えるとはな……」

「ついこの前まで一万を超えて喜んでたのに。あたし、騙されてない？　もしくは事務所がお金で登録者数を買ったとか？」

「そんなもん買えるか！」

多少なら、金銭で登録者を増やすことも可能かもしれない。

だが、十万という数は不正でどうにかすることは難しいと春太は思う。

実際、UCubeでは登録者数が再生数にも大きく影響するし、その再生数次第でUCuberが得る収益も変わってくる。

本気で不正をするなら、収益を上回る支出が必要になるのではないだろうか。

春太はそこまで動画配信の仕組みは理解していないのだが。

「でも、『Lost Spring』がここまでハネるなんて、さすがの晶穂さんも想像もしなかったよ……」

「想像できたヤツはいないよ。俺も含めて」

春太も、ごく稀に短期間で大きく再生数が伸びる動画があることは知っている。

それでも、まさか身内が上げた動画がそうなるとは——

AKIHOチャンネルでライブ配信された『Lost Spring』。

がらんとしたなにもないステージで晶穂が歌いながらギターを奏で、メンバーであるリズムユニット〝アオザクラ〟の出番は最小限。

曲自体のデキの良さと、晶穂の命懸けで歌っているかのようなパフォーマンスを前面に押し出した映像が、効果を発揮したらしい。

「『Lost Spring』、もう百万再生を超えてるもんなあ。信じられねぇ」

「バズって怖いよね」

晶穂は他人事のように言っているが、実際に一度数字がゴソッと動いてから、爆発的に伸びていく状況は怖くもある。

「青葉さんがSNSで宣伝してくれたし、青葉さんのコネでモデルさんとかミュージシャン、有名UCuberも紹介してくれたのも大きいよな」

「あたし、わかったよ……人は一人では生きられないってこと」

「悟るな悟るな」

晶穂は半分冗談、半分本気なのだろう。

実際、『Lost Spring』が良い曲でも、晶穂が登録者数百人のUCuberで事務所と契約していないフリーの身だったら――

まず、ここまでの結果は出なかっただろう。

晶穂が積み上げてきたものがあってこその十万登録突破、百万再生突破なのだ。

「ああ、待たせてしまったな、AKIHOちゃん、サクハル」

打ち合わせ用スペースに現れたのは、セミロングの黒髪に銀のメッシュが入った美女――

青葉キラは、この芸能事務所ネイビーリーフ所属のモデルにして、事務所社長の孫でもある。

「とにかく、おめでとう。『Lost Spring』は良い曲だと思ったが、こうも派手にバズるとは思わなかった」

「いえ、キラさんたちのおかげです」

非常に珍しいが、晶穂が殊勝なことを言っている。

さすがにマイペースな晶穂でも、この現実離れした状況では別の人格くらい出てくるらしい。

「ははは、実は事務所のみんなも興奮してるんだ。ＵＣｕｂｅｒを何人かプロデュースしてるが、ここまで派手にハネたのは君たちが初めてだからね」

「あの、もっと『Ｌｏｓｔ　Ｓｐｒｉｎｇ』を押し出すことってできるでしょうか？」

これまた珍しく、晶穂がおずおずと切り出した。

春太へのズバズバした物言いとは別人のようだ。

「バズった動画はシンプルな映像で出しましたけど、ストーリー仕立てのＭＶとか、お客さんも入れたライブ版とか、あと世界に向けて英語版とか。ハル、あまり英語が得意じゃないので訳詞には時間がかかるかもしれませんけど」

「俺が訳すのか⁉」

なにをさらっと巻き込んでるのか、と春太はぎょっとする。

英語は苦手ではないが、歌詞を丸ごと英語でとなると話は違う。

「ウチらの曲なんだよ？　人に歌詞を任せるわけにはいかないでしょ」

「ぐっ……わ、わかったよ」

実は春太も晶穂も『Ｌｏｓｔ　Ｓｐｒｉｎｇ』が、翠璃と秋葉のどちらが作詞、作曲を担当したのか知らない。

父もそれは知らなかったが、曲作りは翠璃と秋葉が二人で話し合いながら進めていたらしく、特に作業分担はなかったようだ。

晶穂が親たちの曲を生き返らせたのだから、春太もできることはやるしかない。

「曲の実作業についてはＡＫＩＨＯちゃんとサクハルに任せる。それと、今ＡＫＩＨＯちゃんが言ったような企画は一通り進めるつもりだ」

「えっ⁉　い、いいんですか⁉」

「当然だろう。もう祖父——社長にも話はつけた。予算もそれなりに大きい額が出せるはずだ。スタッフも事務所のツテを使えるだけ使う」

「トントン拍子すぎて、怖いくらいですね……」

晶穂らしくなさが極まった台詞だった。

春太もキラの話に驚いてはいるが、晶穂のリアクションに気を取られてしまうほど意外だ。

「ただ……」

「な、なんですか、キラさん？」

「ＡＫＩＨＯちゃん、ＭＶやライブは事務所が主導して進められる。もう一つ、そうはいかない話があるんだ」

青葉キラは真剣に言って、顔の前で手を組み合わせた。

春太と晶穂は、思わず同じタイミングでごくりと唾を呑み込んでしまう。

「メイディ・ヴェルクからCDデビューの話が来てる」

「メ、メイディ・ヴェルク⁉」

春太は、がたりと音を立てて椅子から立ち上がった。

音楽に詳しくない春太でも、その会社名は知っていた。

音楽制作会社の大手で、同名のレーベルで多くのCDを発売している。

「配信じゃなくて、是非ディスクで出したいという話だ。ただ、ハードルも高い。はっきり言うと、途中でポシャる可能性も大いにある。話を受けるかどうかは慎重に検討して――」

「受けます」

「えっ？」

晶穂が即答し、キラがぽかんとする。

今時はCDの販売は厳しいということは、音楽にさほど興味がなかった春太でも知っている。

大手レーベルとはいえ、簡単に大ヒットとはいかないだろう。

いや、大手だけに話が複雑になっていく可能性もある。

売り出し方にメーカーから注文がつくかもしれないし、晶穂の意向がどこまで通るかもわからない。

最悪、話が揉めに揉めて、晶穂が納得できない完成度で世に出てしまう可能性もあるのだ。

キラがそこまで説明しなかったのは、いきなり水を差したくなかったからだろうが……。

「いや、ＡＫＩＨＯちゃん？　一応、事務所も絡む話だから、詐欺を疑う必要はないが……別の会社からオファーが来る可能性もあるし、急ぐ話じゃないから時間をかけて考えてもいいんだぞ？」

「いえ、一番にオファーをもらったんですし、そこで進めたいです」

今度は、晶穂らしいきっぱりとした口調だった。

キラは少し戸惑った顔をしていたが、椅子にもたれて腕組みすると。

「私としてはゆっくり進めるのもアリだと思うけどな。それに……今言うのはなんだが、たぶんＣＤはそこまで売れない。ミリオンを連発していた時代とは違うしな」

「もちろん売れたほうが嬉しいですけど、そこはそんなに問題じゃないんです」

「……青葉さん、晶穂がこう言ってるので。お願いできませんか」

春太も、晶穂に口添えする。

決断するのは晶穂で、実際に段取りを組むのはキラだ。

春太には、ただ晶穂の決断を尊重するくらいしかできない。

「うーん、メイディ以上のメーカーはそうはないのも事実だな。そうだな、私が弱気だったかもしれない。メイディに賭けてみよう。いいかな、ＡＫＩＨＯちゃん？」

「望むところです」

晶穂は不敵に笑う。

そうだ、それこそが晶穂だ、と春太はなんだか嬉しくなってきた。

春太はほとんど傍観者になっているが、妙に満足してしまっている。

「ふふふ……」

「どうしたんですか、青葉さん」

春太は、腕組みしたまま笑い出したキラに不審な目を向けてしまう。

「ＡＫＩＨＯちゃんの気持ち、わかるなと思って」

「そういえば、キラさんも高校時代にバンドやってたんですよね」

「ん？　晶穂、どういうことだ？」

春太は首を傾げる。

晶穂とキラが二人だけでわかりあっているようだが、春太にはなんの話かわからない。

「単純な話だよ。音楽やってりゃ、一度くらいＣＤ出してみたいって夢見るもんだから」

「ああ、そういう……」

なるほど、確かに俺には理解が及ばない。

春太はそう気づいて、苦笑してしまう。

「ＣＤデビューって言われたら、ぱくーって食いついちゃうんだよ」

「私ももし高校時代のバンドに明け暮れてた頃にＣＤデビューの話が来ていたら、メイディどころか怪しげなメーカーでも目を輝かせて興奮してただろうな」

ははは、と青葉キラも笑っている。

音楽経験者にとって、ＣＤデビューは本当に特別なことらしい。

「任せてくれ、ＡＫＩＨＯちゃん。さっきはああ言ったが、今時はスピード勝負だからな。良い条件で迅速にＣＤが出せるように契約をまとめてみせる」

「お願いします、キラさん」

晶穂が頭を下げたので、春太も慌ててそれにならう。

ＯＫしてしまったら、契約に関しては晶穂どころか春太でも特にできることはない。

大人を信じて任せるしかない――

「任せてくれ。そうなると、事務所でもいろいろと態勢を整えないとな」

キラは目を閉じて、うーんと考え込み始める。

悩んでいるようでいて、どこか嬉しさを隠しきれない表情だ。

「あ、キラさん。契約でこっちが判断することとか、ハンコが必要になったらハルにお願いします」

「ん？　うーん、判断はできればＡＫＩＨＯちゃん本人が望ましいし、君は未成年だから保護者が必要だな。まず相談をするだけでも、家族のほうがいいんだが」

「大丈夫です。桜羽春太は、あたしの実の兄なんで」

「え…………？」

「…………っ」

キラが目を見開き、その美しい顔にぽかんとした表情を浮かべて。

春太は、思わず絶句してしまう。

まさか、こうもあっさり——重要なビジネスパートナーではあるが、個人的な付き合いはまだ浅い青葉キラに明かすとは。

「お、おい、晶穂……！」

「もういいでしょ。隠し事せずに生きていこうよ、お兄ちゃん」

「…………」

晶穂は本気で、自分が春太の妹である事実を明かしていくつもりらしい。

春太も決して反対ではないが……。

まだ覚悟ができていないのも事実で、戸惑うばかりだった。


「うーん、美味いっ！　やっぱここのラーメンは最高だね」

「ああ、マジで美味いな。はー、あったまる……」

春太と晶穂は、事務所からの帰り道にラーメン屋に寄った。

前にも何度か来たことのある、学校近くのラーメン屋だ。

まだ夕方で、このあと雪季の美味しい夕食が待っているのだが——

気が抜けたら小腹が空いてきたという晶穂の発言により、軽く食事することになったのだ。

「でも、雪季は鼻が利くからなあ。晩メシの前にラーメン食ったことがバレたら俺もおまえもお説教だよ」

「たとえお説教をくらうとわかっていても、人生にはラーメンを食べなきゃいけないときがある……」

「おおっ、晶穂ちゃん！　いいこと言うねぇ！　ほら、煮玉子オマケだ！」

「ありがと、大将さん」

「いつの間にか名前知られてるんだな、おまえ……」

晶穂は、春太が知らないところでもこのラーメン屋に通っていたらしい。

そういえば、と思い出す。晶穂は〝一人でラーメン屋入れる系女子〟だった。

兄として食生活を管理したほうがよさそうだ。

晶穂はこれで大食いなので、塩分の過剰摂取には気をつけさせたい。

「つーか……晶穂、ここでよかったのか？」

CDデビューのオファーが来たお祝いも兼ねている。

最近、合格祝いや退院祝いと祝い事が続いているが、CDデビューの話も充分すぎるほど大きい。

このラーメン屋が美味しい店とはいえ、お祝いには不向きなのではないか。

「上等、上等。キラさんの話だとまだ油断はならないっていうし、本決まりになるまで慎ましくいこう」

「慎ましくねぇ……」

晶穂としては、話が上手くいかない可能性ももちろん考えているようだ。

派手に祝ったりしないのは、彼女なりの願掛けなのかもしれない。

「一応、本決まりになるまでは周りにも言えないしね。言えるとしたら、雪季ちゃん、トーコちゃん、雪季ちゃんの友達二人、松風くん、つらら、元カノさんくらいかな」

「多いな！」

それだけの人間に話したら、もう言いふらしているのと同じだ。

「大丈夫、大丈夫。みんな秘密を守ってくれる人ばかりだよ。もちろん、キラさんもね」

「それは……間違いないな」

CDデビューの話ではないことに、春太もすぐに気づいた。

青葉キラは春太と晶穂の血縁に驚きつつも、受け止めてはくれたようだった。

二人はラーメンを綺麗にたいらげ、大将にお礼を言って店を出た。

「うん、この腹具合なら雪季の晩メシも米一粒も残さずに食えそうだ」

「あたしもよく食べるほうだけど、ハルは大概だねえ。今はいいけど、太っちゃうよ？」

「松風なんか俺の二倍くらい食ってるぞ」

「松風くんは、毎日ドMかってくらい練習してんじゃん。カロリー消費がエゲつないでしょ」

「俺もストリートバスケでもやるか……」

「この大切な時期にベーシスト・ハウルが突き指でもしたら大事だよ」

「俺、『Ｌｏｓｔ　Ｓｐｒｉｎｇ』以外はガチで弾く気ないからな？」

春太にしてみれば、今やもっとも大事な曲である『Ｌｏｓｔ　Ｓｐｒｉｎｇ』こそプロのベーシストに任せたいのだが、晶穂のこだわりなのでそこだけはやむをえない。

「ハルは欲がないね。今や、ＡＫＩＨＯチャンネルは栄光への道が開かれてるっていうのに。メンバーでいれば富も名誉も思いのままだよ？」

「欲に目がくらむのは失敗フラグだぞ」

「欲望がなけりゃ、音楽では成功できないよ。バンドマンが音楽を始める動機の九十五パーセントは〝モテたい〟だからね、晶穂さん調べでは」

「大いに偏見が入ってそうな調査だな」

もっとも、否定はできない話だ。

男女ともにモテたいという気持ちはあって当然だろう。

「まー、ハルはもうモテすぎでＪＣハーレムまでつくっちゃったから、賢者モードに入れてるんだろうけどさ」

「人聞きが悪い！」

「そんなことより、あたしもう一箇所行きたいところあるんだけど」

「そんなことで済ませてほしくないが、まあ付き合おう」

今日はCDデビューの話が来ためでたい日だ。

多少は、晶穂を甘やかしてもいいだろう。

まだ寒い三月の街を二人で歩いて行き、春太はすぐにどこに向かっているのか気づいた。

「ただいまー」

「……お邪魔します」

到着したのは、月夜見家のアパートだった。

もちろん今もまだ契約したままで、晶穂の義父が家賃を払っている。

晶穂はほぼ毎日ここに来て、母親に線香を上げているようだ。

秋葉の死後に整理された居間には、遺影や位牌が置かれている。

春太が先に線香を上げさせてもらい、続いて晶穂も同じく線香を上げると。

「お母さん、今日はいい報告ができるよ」

手を合わせたまま、笑顔で秋葉の遺影に語りかけた。

「CDデビューの話、もらったよ」

「…………」

「どうだ、見たか！　お母さんとハル母が叶えられなかった夢、娘と息子が叶えちゃったから！　ふふん、悔しいよね！」

「報告が思ってたのと違う！」

まさか、亡き母に向かってマウントを取るとは思わなかった。

「ねぇ、ハル。あたし、なんでＵ　Ｃｕｂｅ始めたと思う？」

「承認欲求に突き動かされたんだろ？」

「それもあるけどね」

晶穂はニヤリと笑ってから。

「音楽が好きで、今音楽をやるならライブハウスじゃなくて動画配信だから、Ｕ　Ｃｕｂｅを選んだってだけ。けど、最終目的は――ＣＤデビューだったんだよ」

「……なんでそれ、初めから言わなかった？」

「恥ずかしいじゃん……」

「…………」

確かに、夢を語るのは恥ずかしい。

それが真剣であればあるほどだということは、春太にもわかる。

だが、晶穂が本当の目的を語らなかった理由としては、意外な気がした。

「というより、ＬＡＳＴ　ＬＥＡＦの目的って言ったほうがいいかな」

「秋葉さんと俺の母親の？」

「そう、お母さんたちはＣＤデビューを目指してたんだよ」

「……それも初耳だぞ」

「あの二人、体力的にライブは無理だからね。目指せ武道館ってわけにはいかなかったから」

「それは……そうだろうな」

春太の母も、晶穂の母も身体に問題を抱えていた。

五曲程度のミニライブならともかく、一時間も二時間も演奏し続けるのは難しかっただろう。

そうなると、自動的に夢すらも限られてくる――

それでも、母たちにとっては大切な夢だったのだろう。

「あたしは、お母さんとハル母の夢を継いだつもりだったから。ＣＤデビュー、叶うならすぐにでも叶えたい。慎重にやってる暇はないよ」

「そうだな……それこそが晶穂らしい」

春太は、笑顔で頷く。

夢を叶えるために勢いで突っ走っていく。

クールに見えても熱い情熱を秘めていて、後先を考えずに走り抜けていくのが月夜見晶穂だ。

晶穂が前だけ見て駆けていく性格だからこそ、春太は彼女に惹かれたのだろう。

ただ――晶穂が後先を考えないだけならいい。

後がないから、焦っているとしたら……？

春太は、つい不吉な想像をしてしまう自分を殴りたくなってくる。

もちろん、そんな想像をしているなどと晶穂に話すことはできない。

「でも、もう少し早く夢を叶えてればよかったね」

「遅いってことはないだろ。秋葉さん、早すぎるって驚いてるんじゃないか？」

「まあ、ウチの母は素直じゃないからね。ＣＤデビューの話をしても、『詐欺じゃないの？』とか『売れないならデビューしないほうがマシ』とか憎まれ口を叩いてたかも」

「秋葉さん、晶穂の憎まれ口の師匠だからな」

「なるほど、そういう捉え方もできるか。遺伝かもしれないね。怖いな、遺伝」

はは、と晶穂は軽く笑っている。

いや、笑っていたかと思うと――また手を合わせて母の遺影を見つめた。

「お母さん、お母さんとお母さんの親友の曲のおかげだよ。やっと二人の夢が叶うよ。ここからは、あたしが頑張るから。あたしが新しい夢を見るからさ」

「…………」

春太は黙って、晶穂の肩を抱いてやった。

彼にはこのくらいしかできないが、今はこうする以外に選択肢はない。

晶穂も、春太のほうに身を寄せてきて――わずかに身体を震わせていた。

まだ、晶穂は母を失った悲しみから立ち直っていない。

当然だ、と春太は思う。

秋葉の死から二ヶ月ほどしか経っていない。

立ち直ってもおかしくないだけの時間ではあるが――

その間に、自分も母と同じ病気で倒れ、苦しんでいる。

悲しみが癒えるどころか、追い打ちをくらったような状況なのだから。

「大丈夫だよ、今のあたしには〝お兄ちゃん〟がいるからね」

「……そうだな」

晶穂が妹になったということは、春太が兄になったことも意味する。

わかりきった当たり前のことではあるが、春太はその事実を意図的に言い聞かせなければ、まだ実感が持てない。

「でもさあ、ハル。ちょうどいいから、今のうちに言っていい？」

「ん？」

「あたしは妹になったし、ハルのカノジョじゃなくなったけどさ」

「ああ」

晶穂は顔を上げ、潤んだ瞳を春太に向けて――

「ハルがカノジョをつくっていいかどうかは別問題だよ？」

「…………」

CDデビューの話が来て、亡き母たちの夢に向かって動き出し、晶穂は自身の夢を描き始めている。

だからといって、まだハッピーエンドというわけにはいかないらしい。

今、桜羽春太はカノジョがいない身になった。

雪季はもちろん、春太の周りの女子たちにとっても聞き捨てならない話なのかも――

春太は、少しばかり寒気を感じていた。

第4話　妹は親友を好きでいたい

晶穂のCDデビューの話も動き出して。

春太もしっかり巻き込まれ、本来なら試験も終わってゆっくりできる時期だというのに、まったく落ち着ける気配はない。

まだまだ、他にもやるべきことは山積みだ。

そういうわけで、本日は午前中から外出している。

「スケートなんて何年ぶりかな」

春太はスケート靴をはいて、リンクに出てみた。

客はそこそこ入っているが、平日の午前中だからか、さほど混雑はしていない。

「待ってください、先輩！　ボク、滑れないんすから！」

「おい、慌てずゆっくり来い。というか、滑れないのにスケートに誘うとかびっくりだな」

「そしたら、先輩に教えてもらったり、合法的にしがみついたりできるじゃないっすか」

「策士だな、冷泉……」

続けてリンクに入ってきたのは、冷泉素子だ。

黒髪ボブカットに赤いフレームの眼鏡というデフォルト装備。

ベージュのセーターの上に黒いブルゾン、下は白の短いプリーツスカートに黒タイツという格好だ。

「先輩、後輩女子の調教が上手いっすもんね」

「せめて教育と言え！」

「カテキョの延長戦っすよ。素子ちゃん、もう少し先輩にイロイロ教えてもらいたいな」

「意味ありげに言うな！」

周りは春太と冷泉のことなど気にしていないとはいえ、冷や冷やする。

「まったく、おまえは……でも、マジでなんでスケートなんだよ？」

「もう合格したんで、あとは滑り放題っすよ！」

冷泉はリンクの壁に掴まりながら、恐る恐る近づいてくる。

「滑れてないじゃないか。ほら、気をつけろ」

春太は冷泉の片手を掴んで、支えてやる。

「ありがとうございます。こういうのを期待してたんすよ、こういうのを」

「おまえな……今日は合格したからサービスしてやってるだけだからな？」

「はいはい。でも、たっぷりサービスしてもらうっすよ」

冷泉は、がしっと春太の腕にしがみついてくる。

あまり人には見せられない姿だが、冷泉も厳しい受験をくぐり抜けてきたばかりだ。

少しは優しくしてやってもいいだろう。

「お兄ちゃーん、れーちゃーん、お待たせしました」

「おおー、フー、遅かったっすね」

「すみません、髪を結ぶのに手間取ってしまって。家で結んでくれればよかったんですけど、うっかりしてました」

スケート靴をはいてリンクに出てきたのは、雪季だ。

茶色の髪をポニーテールにして、黒のタートルネックセーターにコート、スキニージーンズという格好だ。

もちろん、春太と冷泉と一緒に来たのだが、髪を結びたいからと化粧室に行っていたのだ。

「でも、今さらですけど私も来てよかったんですか？　れーちゃんとお兄ちゃんの受験の打ち上げなんですよね？」

「フーを誘わないと、あとが怖いっすから」

「れーちゃん、私をなんだと思ってますか⁉」

「冗談っす。でも、うーん……二人きりより、フーも一緒のほうが楽しそうだったからっす」

「そ、そうなんですか」

なぜか、雪季は少し赤くなっている。

冷泉が友情を優先してくれているのが嬉しかったらしい。

本当は雪季と冷泉の親友である氷川流琉も誘ったのだが、彼女は別の用事があってどうしても来られなかった。

「実は、『落ちる』か『滑るか』の解禁記念ってことで、バンジーにするかスケートにするかだいぶ悩んだんすよ」

「その二択に絞らなくてもいいだろ」

「スケートなら室内スケート場がありますし、そこまで寒くないっすからね」

「まあ、バンジーだって言われたら親友のお誘いでも即却下ですね」

寒い屋外でしかも落下となると、雪季が受けるはずがない。

なんなら、春太も可愛い後輩の誘いでもまず断っていた。

別に高所恐怖症ではないが、わざわざ危険なことはしたくない。

ただでさえ、最近は冷や冷やするようなことばかりなのだから。

「ですけど、れーちゃんが滑れないのは意外ですね。運動神経いいのに」

「そういや、そうだな」

冷泉は眼鏡が似合う知的な雰囲気だが、実はスポーツ万能だったりする。

「単純にスケートやったことなかったんすよ。スケート選んだのも一度はやってみたいっていうのもあって」

「なるほど、その理由が一番納得できるな」

「意外といえば、フーは滑れるんすね」

「はい、自由自在です」

雪季は、シャーッと短く華麗に滑ってみせて、ドヤ顔する。

「おー、凄い凄いっす」

「小さい頃、お兄ちゃんに教えてもらったので」

「先輩、年下の女子にものを教えるの得意っすからね」

「なんか含みが感じられる発言だな……」

冷泉はチクチクと春太を刺さないと気が済まないらしい。

「ガチで感心してるんすよ。運動苦手なフーにここまで仕込むなんて」

「フォームは綺麗だし、安定してるんだよな。運動できないヤツって、たいていフォームが悪いもんなんだけどなあ……不思議だ」

「見栄っ張りもここまでいくと尊敬するっすねぇ」

「お二人とも、私をディスってます？」

雪季は温和な性格ではあるが、意外と負けず嫌いで、人にみっともない姿を見せることをなにより嫌う。

「まあ、今日はれーちゃんのお祝いですから。お兄ちゃん、手取り足取り優しく教えてあげてください」

「カテキョでも優しく教えてたぞ、俺は」

「そ、そうでしたっけ⁉」

冷泉は割と本気で驚いているようだった。

俺、実は厳しかったのかと春太も本気で驚く。

「い、いいえ、受かったんだからいいんすけど。厳しめでもボクは甘んじて——っとっと」

「おっと！」

春太は、とっさに手を伸ばして冷泉の腰を掴む。

腰のあまりの細さに、驚いて手を離してしまいそうなほどだった。

「危ねぇぞ、冷泉。ちゃんと壁に掴まっとけ」

「いやー、さっきからラッキー続きで怖いくらいっすねぇ」

「おまえな……」

「ふーん……やっぱり優しいじゃないですか、お兄ちゃん」

「「はっ⁉」」

春太と冷泉が、同時に雪季のほうを見た。

「いいですよー、お二人で楽しく練習してください。私はその辺で滑ってますから」

シャーッと雪季は滑っていってしまう。

「フー、一人にしないほうがいいんじゃ？　スケート場もナンパ男とかいるかもっすよ」

「まあ、雪季はナンパのあしらいには慣れてるが……とりあえず、冷泉が滑れるようにならないとな」

「そうっすね。歩くくらいならなんとか」

春太が腰から手を離すと、冷泉は危なっかしい足取りで歩き出した。

「気をつけろよ。脚でも折って、高校入学早々お休みなんてことにならないようにな」

「先輩、遠慮なく縁起でもないこと言うっすねえ」

「優しい忠告だろ。つーか、滑れないのにスカートで来るなよ、危なっかしい」

「そういや、あのスカート大好きなフーですらパンツっすね」

スイスイ滑っている雪季は、その細い脚をスキニージーンズで見せびらかすようにしている。

あれはあれで、美脚を披露することに余念がない。

「普通、スケートはスカートで来ないからな。冷泉、転ぶなよ？」

「わかってますって。ボク、別に見せたがりじゃないっすから。それに、そろそろ早足で歩くくらいなら——ひゃっ！」

「あっ、馬鹿！」

つるっ、と冷泉は見事に滑ってしまい、春太が差し伸べた手も間に合わなかった。

「い、痛たたた……言ったそばからやっちまったっす……」

「冷泉、大丈夫か……って、おい」

ミニスカートで派手に尻餅をついたので、パンツが——

「……さすがに警戒してたか、冷泉も」

「え？　ああ、そりゃパンチラサービスする気はないっすから。先輩以外には」

冷泉は意味ありげに言って、あざとくウィンクしてくる。

まだ尻餅をついたままで、開いた脚の中は分厚いタイツをはいているのでパンツは見えていない。

春太は、冷泉の手を摑んで引っ張り上げてやる。

「あ、春からはJK素子ちゃんのスカート内の写真、先輩に毎日送るっすね」

「ヤメロ。そこまでいくと俺へのサービスじゃなくて、おまえの趣味だろ」

春太の頭に、冷泉がスカートをめくって中のパンツを自撮りした写真が、毎日スマホに届く場面が浮かんでしまう。

冷泉の場合、本当にやりかねないので釘を刺しておく必要はあった。

「同じ高校に通うんすから、生でパンツ見せろってことっすね。ラジャーっす」

「うん、おまえはなにもわかってないな」

晶穂が学校ではあまり絡んでこないので、春太にとって高校は平和に過ごせる場所なのだが。

春からは冷泉も通ってくる以上、学校も戦場になりそうだ。

「もー、遠慮しなくていいっすよ……って、フーのヤツ、なんか電話してるっすね？」

「え？　ああ、本当だ」

滑っていたはずの雪季が、離れたところの壁際にもたれて電話している。

「母さんからかもな。春からのことで、最近よく電話してんだよ」

「ふーん、お母さんから……」

「ああ。ほら、手に摑まってていいからゆっくり滑ってみろ」

「はい、お手数おかけするっす」

冷泉は、春太に手を引かれて少しずつ滑っている。

ゆっくり、ゆっくりと滑りながら――

「あの、先輩、ちょっと訊いてもいいっすか？」

「なんだ？」

春太は周りの邪魔にならないか、気にしつつ答える。

「今さらなんすけど、フーのお母さんっていうのは先輩と……というか、先輩とフーって……その……」

「ああ、母親とは血が繋がってないし、雪季とは実の兄妹じゃない」

冷泉は、雪季の母親の話で、〝その話題〟を持ち出してみようと思ったらしい。

春太にとっても、もう今さら話しにくいことでもない。

相手が信用できる冷泉ならなおさらだ。

以前に雪季が公表している事実だが、春太の口から冷泉に言ったことはなかった。

「俺から見ると、雪季は〝父親の再婚相手の連れ子〟だな」

「はぁ……ややこしいことになってたんすねえ。フーが先輩の実の妹じゃないって知っても関係ないとか前に言いましたけど……受験が終わるまで、考えないようにしてたんすよね」

「正解だったろ。冷泉はさほど危なげなかったけどな、それでも受験生がややこしいこと考えるべきじゃねぇよ」

春太は、受験生に余計な情報を与えてしまったかと、悪いことをした気がしている。

「まー、フーと先輩、仲良すぎでしたもんねえ。むしろ、実の兄妹じゃないほうが納得いくくらいっす」

「それもどうなんだろうな……」

少なくとも春太と雪季、本人たちは実の兄妹であることを疑いすらしなかったのだから。

「ただ、冷泉。だから……おまえに今のうちに言っておくことがある」

春太は冷泉の両手を掴み、そっと引き寄せて。

「冷泉、悪い。俺は約束を破ることになる」

「…………」

「冷泉に〝ご褒美〟をあげることはできない」

「…………っ！」

春太が冷泉の手を摑んだまま深く頭を下げると——後輩が驚く気配が伝わってきた。握っている冷泉の手は、かすかに震えている。

冷泉は「受験に合格したらえっちしてほしい」と、とんでもないご褒美を要求してきていた。春太はきちんとOKしてはいないが、何度か〝先払い〟を済ませている。

正式な約束ではないからといって、破っていいわけでもない。

「本当にすまない。おまえは受験、ちゃんと合格したのに。できないって、もっと早くに言うべきだった」

「へ？　いえ、それは違うっすよ」

「え？」

冷泉がきょとんとした声を出し、春太も思わず顔を上げてしまう。

「ご褒美をあげられない、は合格前に先輩が言っちゃダメだったっす。ボクだってナイーブでデリケートな受験生だったんすよ？　ボクが言うのもなんですが、あそこは断っちゃいけない場面でしたよ」

「確かにおまえが言うことでもないな……」

自分から褒美を要求しておいて、断るなというのはなかなかの言い草だ。

「ご褒美なしじゃモチベを維持できなかったっす。先輩はちゃんと、ボクの前にニンジンぶら下げてくれたんすよ」

「その言い回しはどうかと思うな……」

まるで春太が冷泉をいいように弄んだかのようだ。

「そこは嘘ついたってよかったんす。ご褒美がなかったら、最悪の結果もあったかもしれないっすよ」

「……そんなことはないだろ。俺がなにもしなくても、冷泉は余裕で合格したと思う」

「何事もやってみなくちゃわからないんす。少なくともボク自身は、先輩のおかげで悠凜館に合格できたと思ってるっすよ」

冷泉は、にっこりと笑った。

ただし——その眼鏡の奥の目が、わずかに潤んでいる。

冷泉は春太の約束が嘘かもしれないとわかっていて、それでも——本気で期待していたのかもしれない。

春太は胸が痛くなるのを感じたが、やはりもう雪季のこともある以上、冷泉がほしいものをあげるわけにはいかなかった。

「ただ……そうっすね。別のご褒美もらえるっすか？」

「あ、ああ。俺にできることなら」

「素子、で。今だけじゃなくて、ずっとそう呼んでほしいっす」

「……素子」

以前にもそう呼んだことはあったが、デフォルトで固定と言われると少し恥ずかしい。

冷泉は可愛い後輩で、苗字で呼ぶくらいの距離感がちょうどいいなどと考えていたからだ。

だが、春太にとって不可能なことではない。

だったら、約束を破ってしまった以上、その程度の願いは叶えてやらなければ。

「わかった、素子。これからは、ずっとそう呼ぶ。学校でも呼ぶからな。周りに誤解されても知らねぇぞ。最悪、俺と付き合ってると誤解されて、高校に上がってもカレシができないかもしれないからな？」

「その誤解、私にとっては最高です」

冷泉は——素子は〝素〟の口調になって、にっこりと笑った。

眼鏡の奥の目にも喜びが確かにあった。

「それと……」

「な、なんだ？　まだ要求があんのか？」

春太は素子の手を引いて、壁際まで移動する。

まだ話が続くなら、素子を不安定なままにしておくのはよくない。

初心者はリンクに立っているだけで、体力を消耗してしまう。

「ねえ、先輩。ボクの誕生日、五月なんすよ」

「知ってるよ、さすがに。ああ、誕生日プレゼントか。もうそんな遠くないしな」

「プレゼントはほしいっすけど、合格のご褒美とは別物っすよ」

「誕プレの他に、まだご褒美の追加要求があるのか」

若干図々しいが、無理があるというほどでもない。

「そうじゃなくて、誕生日ももうすぐだからバイクの免許もすぐに取れるってことっす」

「え？　バイク？　原チャリか？」

「そうっす。レイゼンⅡ世号と名付けるっすよ」

「……今度は俺に車種を選ばせろよ」

春太の愛車、レイゼン号はこの素子が選んだものだった。

「って、俺に買えって話じゃねぇよな？」

「はは、まさか。どうしてほしいか当ててほしいっす」

原チャリは、中古でも高校生にとってはかなり高価なシロモノだ。

さすがに素子も、買ってほしいなどと無茶は言わないようだ。

ずいぶん遠回しなおねだりだったが、要するに素子が言いたいのは――

「素子、原チャリ買ったら一緒に遠出するか」

「はい！　一緒に遠くまで走りましょう！」

どうやら、春太の推測は一発で大当たりだったらしい。

「俺、過去に一度遠出してるからな。プロだぞ」

「フーの引っ越し先まで走ったんすよね。聞いてるっすよ。そこまではボクはちょっと……フツー、やらないっすよ」

「悪かったな」

春太のことが好きな素子でも、呆れてしまうような行為だったらしい。

とはいえ、春太は素子が原チャリを手に入れたらツーリングくらいは付き合うべきだと思っている。

一回とは言わず、素子が満足するまで。

「ま、ご褒美の代わりだからな。素子、他にもなにかあったら——」

「……ご褒美ってなんのことか訊いても？」

「うおおっ！」

「ぎゃああっ！」

いつの間にか、雪季がすぐそばに立っていた。

春太と素子が話している間に、電話は終わっていたらしい。

「いえ、言わなくてもいいです。れーちゃんにもお兄ちゃんにも秘密くらいありますよね」

「フ、フー？　本当っすか？　無理してないっすか？　それとも、物わかりのいいフリをしてあとでボクの背中をグサリとか」

「れーちゃんが私をどう見てるかとても気になりますが、そんなことありません」

雪季がジト目で素子を見ながら、軽く滑って素子のそばで壁にもたれる。

「私、ずっとお子様でした。お兄ちゃんが好きで、でもあくまで妹として好きで……犬が懐いてるみたいなものでしたから。今は少しは成長しましたし、だかられーちゃんの気持ちもわかるんです」

「はぁ～…………………」

素子が深いため息をつき、春太に抱きつくようにもたれかかってくる。

「よ、よかったっす。もしフーに絶交されたりしたら……気が気じゃなかったっすから」

「私こそ、もしれーちゃんに敵認定でもされたらどうしようかと思ってました。その……親友なのに、どんな理由があっても敵になってほしくないです」

「敵とか絶対にありえないっすよ……フーには、ずっとボクの親友でいてほしいっす」

素子は本気で安堵しているようで、完全に力が抜けきっている。

春太に素子の全体重がかかっているが、彼女は細くて軽いのでたいして重くはない。

「れーちゃんがお兄ちゃんを好きになるのは自由ですから」

「……ご褒美の件も詳しくは言えないっすけど、許してくれるんすか？」

「もちろんです。これから、私にもれーちゃんにもいろんなことが起きますよ。当たり前です。だって、私たちまだ十五歳なんですから」

「そう……そうっすね、フー」

素子が春太から離れ、ぎゅっと雪季に抱きつく。

雪季も親友の背中に腕を回して、優しく抱きしめている。

「あ、でも、あんまりお兄ちゃんにくっつきすぎるのは許しませんよ？」

「怖っ！　ゼロ距離になってから言わないでほしいっす！」

「………」

とりあえず、素子の問題は——また先送りかもしれないが、落ち着いたようだ。

春太としては、素子の好意と雪季の寛大さに甘えたようで、申し訳なさがあるが。

正直なところ、春太は約束を破ってしまっても冷泉素子との関係が断たれなかったことに、安堵している。

春太も、恋愛的な意味でなくてもこの後輩のことは好きだ。

可愛がっていってやりたいと、心から思っている。

「フー、今度はフーに教えてもらいたいっす！　もっと速く滑りたいっすね！」

「あれ？」

「どうしたっすか？」

素子は、雪季から離れて軽快に滑っている。

そう、素子はさっきから春太にもたれたり離れたり、雪季にくっついたり、リンクの上で動き回っている。

「れーちゃん、滑れるようになってません？」

「え？　んん？」

素子は春太と雪季のそばを回るようにして滑って——

「ホントだ！　ボク、もうコツ摑んじゃってるっすね！」

「素子、おまえ滑れないって嘘じゃないだろうな？」

「そこまで策士じゃないっすよ、ボク！　うわぁ、ガチで滑れますね」

素子は春太たちから離れたところまで滑っていき、すぐに戻ってきた。

「くっそー！　もうちょっと手取り足取り教えてもらいたかったのに！　自分の運動神経が憎い！」

「おまえ、高校入ったら部活やれよ。中学で帰宅部だったの、運動神経の無駄遣いにもほどがある」

「先輩にだけは言われたくないっすねえ。運動できて背も高いくせにバスケ部に入らないの、松風先輩がマジギレしないのが不思議っすから」

「お兄ちゃん、言い返せませんね」

「……まあな」

松風はキレてはいないが、高校でも何度となく春太をバスケ部に誘っている。

「ボクは先輩攻略で忙しいので、部活する暇はないっすね」

「ちょっと怖いですね……れーちゃん、可愛いですし……」

「ふふふ、苦労して先輩と同じ学校に進んだんすからね。本気出すっすよ」

「れーちゃんが頑張ったのは私も知ってますから、文句言えませんね……」

この二人の友情は大丈夫なのだろうか。

春太は、ちょっと心配になってしまう。

「まあ、滑れるようになったのはしゃーないっす。先輩、フー、滑りましょう。そろそろ競走してもいいっすよ」

「い、今滑られるようになったばかりなのに。お兄ちゃん、私たち、ナメられてます」

「まだ俺には勝てんだろうけど、雪季は危ないな」

「お兄ちゃーんっ⁉」

「ははは、まずはフーに勝つっす！　先輩にも負けないっすよ！」

「いいでしょう、受けて立ちます、れーちゃん！」

「俺も本気出すか……」

「本気はダメっす！　先輩、遊びなんですから、これは！」

「ちっ、素子にわからせてやろうと思ったのに」

「今日、先輩をスケートに誘ったのは、先輩もたまには遊んで息抜きするべきだと思ったからなんすよ？　可愛い後輩相手に本気になっちゃ困るっす」

「息抜きねぇ……ま、そうだな。今日は遊ぶか」

「はい、行くっすよ、フー！」

「はぁい、れーちゃん」

雪季と素子が、楽しそうに笑いながら二人で滑っていく。

春太は、二人の可愛い女子中学生を後ろから追いかける。

さすがに初心者の素子のほうが負けていて、素子はスカートをひらひら揺らしながら親友を追っている。

「たまには息抜きか……ま、そうだな」

自称可愛い後輩は、自分が楽しむだけでなく、先輩に気を遣ってくれたらしい。

だったら、その可愛い後輩のためにも精一杯息抜きをするべきだろう。

春太は張り詰めていた自分に気づき——

気を抜かせてくれた後輩に感謝しながら、彼女の背中を追いかけていく。

第5話　妹はまだ一人で立ち向かえない

＊

「お兄ちゃあーん、雪季ちゃんもゲームあそびたい」

「え、雪季も？」

開いていたドアから、トコトコと入ってきたのは雪季だった。

長く伸ばしている髪を二つに結んだ髪型が、最近のお気に入りだ。

「うーん、やり方覚えられるか？」

「はい、がんばります」

雪季は、ぐっと拳を握り締めて頷いた。

四歳の妹はなにをやらせても下手だが、やる気だけは割とある。

「だって、お兄ちゃんずっとゲームばっかりです」

「ああ、うん」

雪季はとにかく兄のマネをしたがるので、春太もこの展開は予想していた。

もっとも、運動のたぐいだけは春太がやっていてもまったく興味を示さないが。

「まえは、いつもすぐにお外にいってたのに」

「お父さんが外で遊ぶのしばらく禁止って言うから」

春太は公園でケンカしてしまったので、外での遊びを禁じられている。

雪季がある日たまたま、一人で公園にいて、近所の男子たちに絡まれてしまった。

春太は一人でどこかへ行った妹を捜して公園に駆けつけ、その男子たちとケンカして追い払ったのだ。

父は妹を守ったことは褒めてくれて、暴力を振るったことは叱ってきた。

じゃあどうすればよかったんだ、と春太は不満だったが父の言うことには逆らえなかった。

春太もまだ五歳なのだから。

誕生日に父がゲーム機をプレゼントしてくれたが、春太はずっと放置していた。

アウトドア派の春太はあまり興味を持てなかったが、遊んでみると意外に面白い。

すっかり春太は、ゲームにハマっていた。

「お兄ちゃん、雪季ちゃん、これやってみたいです。この絵、すきです」

「『ストバス』か」

雪季が手に取ったパッケージには、いろいろなゲームの人気キャラクターが描かれている。

人気キャラたちを使った格闘ゲーム『ストライク・バスターズ』、略して『ストバス』。

複雑な操作無しで派手な必殺技を繰り出せるので、子供にも人気が高い。

このゲームなら、初心者の雪季でもある程度は楽しめるだろう。

春太は幼いながらも、なんとなくそう思って。

「いいぞ、俺がやり方を教えてやるよ」

「はぁい、おねがいします！」

雪季は嬉しそうに笑って、春太が渡したコントローラーを握った。

妹は可愛い。

こんな単純なことが、春太にはなによりの幸せだった。

＊

「お兄ちゃん……お兄ちゃん」

「ん？　ああ？」

春太が目を開けると——そこに、雪季の顔があった。

雪季はモコモコしたパジャマに上着を羽織り、三月になった今でも防寒は完璧だ。

「お兄ちゃん、コントローラー握ったまま寝てましたよ」

「え？　そうか……」

自室のベッドを背もたれにして座り、ゲーム機のコントローラーを握っている自分に気づく。

春太は、ちらっと壁掛け時計を確認する。

深夜の一時を過ぎていた。

「十二時くらいまでは記憶あるんだけどな。いつの間にか寝落ちしてたか……」

「珍しいですね、お兄ちゃんが寝落ちなんて」

春太は、久しぶりのＣＳ64でつい夢中になってしまったらしい。

武器とスキルをカスタムしていたはずだが、いつの間にか寝てしまったようだ。

「ヤバかったな。対戦中に寝落ちしてたら、仲間から顰蹙かうところだった」

「ＦＰＳの最中に寝落ちはないですよ」

「そりゃそうか」

ＦＰＳではいつ敵が襲ってくるかわからないので、うっかり寝てしまうことなどない。

「ちょっといいですか？」

雪季は断りを入れると、春太の手からコントローラーを取り上げた。

ぽちぽちと操作して、春太のプレイヤーデータを眺めている。

「ランクＳＳで、ポイントが……えっ、こんなに？　お兄ちゃん、本気でエリミネーター狙ってませんか……？」

エリミネーターとはＣＳ64のランクの中でも最高位で、日本では数人しかいない。

「ガチで射程内に入ってきたな。俺、ひょっとしてＦＰＳ上手いんじゃね？」

「……遂に私が本気を出すときが来ましたね」

「受験のときに本気出してなかったみたいに言うなよ」

合格しているのだから、いいのだが。

雪季は特に負けず嫌いではないのに、ゲームとなると競争心を剥き出しにしてくる。

「でもマジでゲーム楽しいわ。最近、全然遊んでなかったからなあ」

春太が息抜きを始めたのは、スケートの際に素子に心配されていたからだ。

後輩に心配をかけるのはさすがに悪い。

今もまだ数々の問題があるのでゲームを控えていたが、息抜きくらいするべきなのだろう。

「たまには遊んだほうがいいですよ、お兄ちゃん。晶穂さんのＵ　ＣｕｂｅとかＣＤデビューとかいろいろあるのもわかりますけど」

雪季もまったく同じことを思ったらしい。

「そうだな、俺の人生ってゲームとともにあったみたいなトコあるしな」

「私もですよ」

雪季はにっこり笑って、春太にコントローラーを返してきた。

春太はそれを受け取ってから、床に置いた。

「夢を見てた、雪季」

「夢ですか？」

「ああ、たぶん初めて雪季と一緒にゲームしたときのことだな。覚えてるもんだ」

「私、記憶にないかもです……気づいたら毎日お兄ちゃんとゲームばかりしてて、ママに叱られたことくらいで」

「まあ、雪季はまだ四つとかだったからな。そもそも、よくストバスとか遊べたもんだ」

「小さい子が最初に遊ぶゲームではないですね」

雪季も苦笑している。

当時の春太は雪季でもストバスなら遊べると思い込んでしまったが、今思えばもっとシンプルなゲームを遊ばせるべきだった。

あの頃の雪季はもちろん、実は春太もまともに操作できていなかったのだろう。

ストバスは適当にボタンを押すだけでも、〝戦っている感〟が出せるゲームでもある。

「私も久しぶりにＣＳ64やってみましょうか……」

「そういや雪季、受験終わったあともゲームやってないのか？」

「実は……受験勉強中はやりたくてやりたくて仕方なかったのに、終わってみると気が抜けたのかコントローラーを持つ気がしなくて」

「そういうもんか。頑張りすぎた反動がそんな形でくるんだな」

そこまで言って、春太はふと気づいた。

「雪季もまだ起きてたのか？」

「いえ、寝てました。キッチンでお水を飲んできたところです。晶穂さんはスヤスヤですよ」

「あいつ、今日も撮影だったからなあ。疲れ切ってんだろ」

ＣＤデビューの話は事務所とレコード会社で進行中だが、晶穂はその間ただ待っているわけにはいかない。

今は『Ｌｏｓｔ　Ｓｐｒｉｎｇ』の本格的なＭＶの撮影が進行している。

春太もベーシスト〝ハウル〟として参加してはいるが、晶穂よりはずっと負担が軽い。

「ちょっとやってみますね……きゃっ、エイムがガバります！」

「はは、そりゃそうだろ」

コントローラーで敵に狙いを定めるのは難しい。

敵に狙いを定めることを〝エイム〟、狙いがフラつくことを〝ガバる〟という。

ほんの数日プレイしなかっただけでも、エイムがガバるので、今の雪季ではまったく定まらないだろう。

「やんっ、そこから撃ってきますか！　ああっ、逃げないでくださーい！」

雪季はコントローラーを握ると、思わず身体ごと動いてしまう。

春太には動き回る雪季の姿が懐かしくて、微笑ましかった。

「ああー……ビリです。1キル8デス……すみません、お兄ちゃんのアカウントなのに」

「一戦くらいかまわないって。もっとデスるかと思ってたよ。意外にやれてたじゃないか」

雪季も腕前では春太に若干劣るものの、元から中学生としては強いほうだった。

「私も成長したんですよ。慎重に立ち回ることを覚えました」

「前はガンガン攻めてたのにな」

「攻めるばかりだとデスが嵩んで――」

「お、おい？　雪季、どうした？」

春太は、雪季の目からぽろっと涙がこぼれたのを見てぎょっとする。

まさか、久しぶりのCS64に感動したわけではないだろうが――

「……いえ。引っ越したら、こうして夜中にお兄ちゃんとゲームをすることもなくなるのかな、なんて思ってしまいまして。すみません、急に情緒不安定で」

「いや……」

そうか、と春太は頷く。

むしろ、そんなことを言われたら春太のほうが泣き出しそうだった。

ついこの前、雪季と霜月透子の受験合格で泣いてしまったばかりだというのに、情けない。

「いえ、大丈夫です。もう少しやってもいいですか？　私のアカウントに切り替えるので」

「別に、俺のでもかまわないけどな」

春太が苦笑すると、雪季も笑ってメニュー画面に戻り、自分のアカウントに切り替えた。

どうやら、もう情緒が直ったらしい。

確かに不安定ではある……が、それは春太のほうも同じことだった。

「あー……この殺伐とした世界、懐かしささえあります。やっぱり面白いですね」

「雪季の部屋のモニター持ってきて、俺も入るかな。久しぶりに組んで遊ぶか」

「今、私が一緒にやると確実にトロールになりますよ」

「トロールではないだろ」

春太はまた苦笑する。

トロールもゲーム用語で、味方チームの足を引っ張る利敵行為を指す。

ただ腕が衰えていて味方に貢献できないだけなら、トロールとは言わない。

「お兄ちゃんがそばにいてくれるだけで充分です。昔から、こうしてお兄ちゃんと並んで遊んでましたね」

「さっきの夢でもそんな感じだったな」

春太が答えると、雪季はにこっと笑ってゲームを再開した。

昔の雪季は今よりずっと兄にべったりで、春太にもたれたり、膝に乗ってきたりするのは日常茶飯事だった。

「あ、やられました！　うーん、まだゲームに集中できませんね。疲れてるんでしょうか」

「引っ越しの準備、大変なのか？」

春太は引っ越しの手伝いはできていない。

晶穂の手伝いのほうが忙しいのもあるが、雪季が「自分でやりたい」と主張しているのだ。

今は荷造りの段階なので、引っ越す本人が作業するのが一番だろう。

重い物の運び出しなどでは、春太ももちろん手伝うつもりだ。

「それもありますけど……あの、お兄ちゃん？」

「ん？」

CS64は一試合が最長でも一〇分と短い。

雪季の復帰二戦目は敵チームが五分ほどで勝利スコアに達し、あっさりと負けている。

「今さら甘えるのはどうかと思うんですが……いいでしょうか？」

「雪季が俺に甘えるのに許可なんていらねぇよ」

春太は三度目の苦笑をしてしまう。

雪季が妹でなくなり、カノジョを目指すといっても、春太のほうの意識はそこまで変わっていない。

雪季を甘やかすことに、ためらいなどあるはずがなかった。

「この前、ママが来てましたよね」

「母さん？　ああ、受験のときの話か」

春太の育ての母にして、雪季の実母は今は他県在住だが、受験本番の一週間前に娘の面倒を見るためにこちらにやってきた。

春太も久しぶりに母の手料理を食べられて、大変にありがたかったものだ。

「あのとき、ママからちょっとお話を聞きまして。受験が終わって、ママが帰る少し前のことだったんですけど」

「もうだいぶ前じゃないか。なにかあったなら、先に言えよ」

「いえ、そのときはまだ軽く話を振られた程度で……ですが、動きがあったみたいな感じで」

「よくわからんな。言えるなら、はっきり言ってくれ」

春太はゲーム機を操作して、電源を切った。もうゲームどころではない。

「私、行かないといけないんです」

「行く？　素子たちとの卒業旅行のことか？　フェアランに泊まりがけで遊びに行くとか俺も羨ましいくらいだ」

フェアリーランドは有名な遊園地で、雪季たちはフェアラン内のホテルに一泊してたっぷり遊び倒すそうだ。

「素子という呼び方がまだ引っかかりますが、いつもの私の寛大な心で許すとして……それとは別の話です。実は、前から気になっていたことが……」

「気になってたこと？」

「そのことで、ママに相談していたんです」

「うん」

もったいぶった言い方だが、春太は焦らなかった。

雪季は他意なく、なんとか整理しながらしゃべっているだけなのだろう。

「私の……血の繋がった父親のことです」

「…………」

突然、予想もしなかったワードが飛んできた。

春太の父、真太郎を雪季はパパと呼んでいるし、この先もずっとそう呼び続けるだろう。

血が繋がっていなくても、雪季は気にしないし、父も実の娘以上に可愛がっている。

「私たち、血の繋がりに……なんて言うんでしょうか、その……」

「翻弄？」

「それです、お兄ちゃん」

受験勉強で身につけた知識が、早くも抜け始めているのではと春太は少し不安になる。

「翻弄されてきたわけですから。ずっと放置してきた――いえ、気にかけたこともないフリをしてきたことにも、決着をつけないとと思いまして」

「決着って……雪季の実の父親っていうのは」

「ご健在らしいです」

「…………」

春太は、「いっそ亡くなっていたほうが話が簡単」と思ったことを申し訳なく思う。

なんにしても、人の死を願ったりしてはいけない。

「じゃあ、雪季。行くっていうのは、父親に会いに行くのか？」

「そうなんですが、話がちょっと面倒なんです」

「どこか遠くにいるのか？　外国とか？」

「えっと……これ、見てください」

雪季はパジャマのポケットからスマホを取り出し、なにか操作して春太の前に掲げてみせた。

「ん？　雪季の写真か……あれ、なんだこれ？」

「わかりますか？」

「……わかるようなわからんような」

春太は、雪季のスマホに表示された写真をまじまじと眺める。

ただの自撮り写真だというのに、これほどまでに困惑させられることがあるのか。

春太は、わずかに残っていた眠気が吹き飛んでいくのを感じた。

「寒風沢冬舞です！」

彼女は堂々と名乗って、にっこり笑った。

その笑顔が——あまりにも雪季にそっくりだった。

「なんか俺、小さい頃にこの子と毎日会ってた気がするな……」

「奇遇ですね、私も毎日見かけてましたよ……鏡の向こうで」

春太の隣で、雪季も呆気に取られている。

この冬舞と名乗った少女は――雪季の妹だ。

より正確に言うなら、雪季の腹違いの妹ということになる。

年齢は十一歳、小学五年生らしい。

「おねーさん、冬舞とそっくりですね。びっくりしちゃいました」

「そ、そうですね」

「冬舞、大きくなったらこんな美人になるんですね。楽しみです」

「は、はぁ」

冬舞はニコニコ楽しそうだが、雪季のほうはまだ衝撃から立ち直れないようだ。

雪季は実父の話を母から聞き、そのときにこの妹の存在も聞いたらしい。

実父は再婚しており、その再婚相手との間に娘が生まれていた。

その娘の写真が実父から母経由で雪季のもとに届き、春太も驚かされたというわけだ。

写真で見るより、実物のほうがはるかに雪季に似ている。

「あ、おねーさんたち、今日はわざわざ来てもらってすみません」

「いや、それはこっちが出向くのが当然だな……」

相手はまだ小学生なので、桜羽家まで来てもらうわけにもいかない。

そういうわけで、春太と雪季が腹違いの妹の家の近くまで出向いてきた。

意外にそう遠くなく、桜羽家の最寄り駅からは一時間もかからない距離だった。

ここは、冬舞の自宅近くにあるファミレスだ。

春太と雪季は、ボックス席に並んで座り、冬舞と向き合っている。

冬舞の前に置かれているのは、大きなチョコレートパフェだ。

遠慮する冬舞に春太がすすめたもので、彼女は甘い物好きらしく嬉しそうに食べている。

春太と雪季は、ドリンクバーの飲み物だけだ。

雪季はもちろん、春太も少なからず緊張している。

相手は小学生ではあるが、雪季とはただならぬ関係だ。

しかも、思っていたよりもはるかに〝妹らしい〟姿形をしていたので余計に緊張が高まってしまっている。


「………………」


春太は雪季は母親似かと思っていたが、実は父親の面影も受け継いでいたようだ。

なんでも、雪季の実の両親はハトコ同士で、顔も似ていたらしい。

雪季が父方の冬舞、母方の透子、両方に似ているのはそのあたりが理由のようだ。

同じ父を持つ冬舞は、幼き日の雪季にあまりにも似すぎている。

長い髪は黒だが、雪季も小学生の頃の髪色は黒だったので余計に似て感じる。

冬舞は長い黒髪を編み込みにして、小学校の制服らしき紺色のセーラー服姿だ。

この〝妹〟は私立の小学校に通っているらしい。

「あのー、おにーさん？　冬舞の顔になんかついてますか？」

「あ、いや、そうだな……冬舞ちゃんって呼んでいいか？」

冬舞はパフェを食べていたスプーンの動きを止め、きょとんとした顔をする。

「はい、どうぞ。フルネームで凄い名前ですよね、ウチのお父が面白がってつけたとしか思えなくて」

「確かに珍しいが……いい名前じゃないか」

冬に舞うと書いて、〝ゆき〟。

寒風沢という苗字は彼女の父の故郷ではよくあるものらしいが、下の名前のほうはかなり珍しい。

確かに〝冬に舞うもの〟は、雪ではあるが。

雪季に冬舞。

春太が、ネーミングセンスに共通したものを感じるのは気のせいではないだろう。

「……私の名付け親、父親のほうだったんですね」

「疑いの余地はないな」

「おねーさんは雪の季節で〝ふゆ〟なんですよね？」

「え、ええ、私のほうこそよく〝ゆき〟って間違われるんですけど」

「〝ゆき〟ならいいじゃないですか。冬舞なんて、〝ふま〟って間違われるんですよ。ふまはないと思うんですよ、ふまは」

冬舞は、ぷんぷんと怒っている。

春太は苦笑しつつ——

「えっと、冬舞ちゃんは……五年生なんだよな」

「はい、でももうすぐ六年生になります」

中三の雪季とは四つ違いの妹ということになる。

実父と母親は雪季が生まれてすぐに離婚し、母のほうは雪季が二歳のときに再婚している。

妹が四つ年下ということは、実父のほうも再婚は割と早かったらしい。

「あ、そうだ。これも謝らないと。ごめんなさい、おねーさん」

「え？　な、なんで謝ってるんですか？」

突然、小学生に頭を下げられて、雪季はまた困惑している。

「本当はお父が来るはず——というか、お父がメインだったのに。あの男、忙しくて。昨日、突然フランスに行っちゃったんですよ」

「フランス……世界を股に掛けてるんですね」

「聞いてないですか？　ウチのお父はゲーム会社に勤めてるんです。日本支社の社員なんですけど、本社はフランスで、よくそっちにも行くんですよね」

「ゲーム会社？　どこのゲーム会社なんだ？」

「ヴィジョネストって会社です……まあ、知らないですよね」

「ヴィジョネスト⁉」

「わっ、声でかっ」

思わず、春太は声を張り上げてしまった。

冬舞が、またきょとんとしている。

「それって、CS64を開発してる会社じゃ……⁉」

「おにーさん、CS64を知ってるんですか。お父、日本じゃあまり人気ないって言ってましたけど」

「あー……今は大人数バトロワ系FPSが流行りだもんな。レジェンディスとか」

CS64のメインは6vs6のチーム戦で、大人数のバトルロワイヤルが流行している今、そこまでの人気はない。

「ちなみにおにーさん、CS64のランクはいくつ？」

「今はSSだな。なんとかエリミネーターを目指そうと思ってる」

「SS！　おにーさん、人生捨ててゲームしてないですか⁉」

「それほどでも……」

春太は、小学生に人生を心配されてしまっている。

冬舞も父がゲーム開発者だけあって、ゲームには詳しいようだ。

「おっと。俺のやりこみなんかどうでもいいな。それより、冬舞ちゃんのお父さんは……しばらく戻ってこないのか？」

「はい、一度行くとなかなか戻ってこないんですよ。会社が帰らせてくれないとかで」

「どこも親っていうのは忙しいもんだな」

雪季の父親は、育ての父も実の父も仕事に追われているようだ。

「でも、案外それだけでもないかもです。お父はコミュ障なんで」

「え？」

雪季がきょとんとする。

「ずっと会ってなかった実の娘との対面が怖いのかもしれません。別に悪いヤツじゃないんですけどね、お父。弱気なんです」

「そう……なんですか」

雪季はうつむいて、なにやら考え込んでいるようだ。

コミュ障で弱気、というなら雪季もまさにそのタイプだ。

今日も春太に同行してもらわなければ、ここには来られなかったかもしれない。

雪季は父親から見た目だけでなく、メンタル的な性質も受け継いでいるようだ。

「でも冬舞はおねーさんに興味あったから！　といっても、姉がいるって知ったのはつい最近なんですけどね」

「ああ、冬舞ちゃんのほうも姉のことは知らされてなかったのか」

「お父が再婚だったっていうのは聞いてたんですよ。だから、もしかして……とは思ってはいました」

「…………」

春太は薄々感じていたが、この冬舞という少女は小五にしてはマセている。

父の過去のこともいろいろ詮索していたようだ。

それに冬舞は父のコミュ障を受け継がず、初対面の〝姉〟にもまるで怯んでいない。

マセている上に、好奇心旺盛でもあるようで、父の過去にも姉にも興味津々の様子だ。

「あ、冬舞ちゃん……」

「なんです、おねーさん？」

「敬語、使わなくていいですよ。お兄ちゃんも……いいですよね？」

「え？　ああ、それはもちろん」

雪季は実父の話に少し動揺しているらしい。

急に冬舞の敬語にツッコミ出したのは、動揺しているせいだろう。

「この敬語は冬舞のクセなんですよ。冬舞は、幼稚園児が相手でも敬語です」

「……私と同じですね」

雪季はそうつぶやいてから、春太の耳元に顔を寄せてくる。

「私、敬語はママのマネをしているつもりでしたが、父からの遺伝でしょうか……？」

「敬語は遺伝しねぇだろ。でも、そういうところも含めて……」

春太は囁き返してから、あらためて冬舞を眺める。

「完全に小型の雪季だよなあ……性格以外は」

「んー、冬舞とおねーさん、おにーさんから見てもそこまで似てます？」

「予備知識なしでも、姉妹だって確実にわかるレベルだな」

春太がそう言うと、冬舞はわずかに顔を赤くした。

「そんなにですか。おにーさんが言うなら間違いないですね。嬉しいです」

冬舞は笑顔でそう言い、パフェの最後の一口を美味しそうに食べて「ごちそうさまでした」

とお行儀良く手を合わせた。

「あ、そうだ。あの、おねーさん」

「は、はい。なんですか？」

「おねーさんって言うと、親戚とか近所の人みたいですから……〝お姉ちゃん〟って呼んだらダメですか？」

「…………っ」

雪季は、一瞬びっくりしたようだ。

確かに、おねーさんよりはお姉ちゃんのほうが血縁があるように感じられる。

春太も、妹だった雪季からは〝お兄ちゃん〟呼びで、親戚の子のような存在である透子からは〝お兄さん〟と呼ばれている。

「はい……いいですよ。いえ、いいよ、冬舞ちゃん」

「…………っ」

思わず、春太は横の雪季の顔をまじまじと見つめてしまった。

妹が〝タメ口〟を利いているのを見たのは生まれて初めて——ではないだろうが、物心ついてからはこれが最初かもしれない。

「私は……その、妹に敬語を使うのは変ですよね。変だよね。だから、タメ口でいい？」

「もちろん！　やったぁ、冬舞のお姉ちゃんだ！」

冬舞は今にも踊り出しそうなくらいに、浮かれている。

マセてはいるが、小五らしい無邪気さも持っているらしい。

「じゃ、あらためてお姉ちゃん、よろしく！　寒風沢冬舞、十一歳！　趣味はワゴンのゲームを買って遊ぶことです！」

「恐ろしいな。行動パターンまで雪季とまったく同じじゃねぇか」

「えっ、そうなんですか、お姉ちゃん！　お姉ちゃんもワゴンゲーマニア？」

「マ、マニアじゃないけど……」

雪季は春太がバイトしているゲームショップ〝ルシータ〟で、ワゴンで安売りされているゲームをよく買っていたものだ。

「あ、冬舞は勉強も好きです。成績は塾でもトップなんですよ」

「そこだけ雪季と真逆だな」

「お兄ちゃん⁉」

雪季が、心外だという顔で春太を睨んでくる。

春太はすぐに失言に気づき、雪季をなだめた。

それにしても、冬舞はいろんな意味で予想外の存在らしい。

「ゆ、冬舞ちゃん。私、ワゴンゲーだけじゃなくてゲームはなんでも強いからね。このお兄ちゃんも強いけど、私のほうがもっと強いの」

「いや、それは違う」

「お兄ちゃん！　そこは認めてくださいよ！　大人げないです！」

またもや失言してしまった春太だった。

冬舞は、春太の顔をじーっと見つめてきて。

「そっか、お姉ちゃんのお兄ちゃんってことは、冬舞のお兄ちゃんでもある……？」

「いいえ、それは違うよ」

「雪季も大人げないぞ」

そこは認めてやれ、と春太は苦笑いする。

雪季は妹ではなくなったはずだが、妹ポジションを脅かされると防衛反応が出るようだ。

「まあ、俺のことは親戚のお兄さんだとでも思ってくれ」

「はい、おにーさん」

冬舞は元から人なつっこいようだが、春太にも悪い印象は持っていないようだ。

なんといっても、雪季の実妹なので、嫌われずに済んでほっとした。

それからは、冬舞の学校生活などについて聞き、姉妹の初対面は無事に終わった。

春太が年長者として全員分の料金をおごり、ファミレスを出た。

まだ午後三時で、夕方にもなっていないが、一応家まで冬舞を送る。

家までは近いらしいが、安全を考えれば当然のことだ。

「あ、ここが冬舞の家です」

冬舞が指し示したのは、小綺麗な六階建てのマンションだった。

なかなか立派な建物で、冬舞の父親は稼ぎは悪くないらしい。

「上がっていきます？」

「いや、親父さんは留守なんだろ？　勝手に上がり込むのは気が引けるな」

春太が答えると、雪季がうんうんと頷く。

コミュ障の雪季には、初対面の相手の家にお邪魔するのはハードルが高い。

「そうですか。ウチ、お父はだいたい家にいないし、お母はもとからいないからいつでも遊びにきてくださいね」

「……ああ」

雪季の実父は、冬舞の母親とも数年前に離婚しているらしい。

どうも春太の周りでは離婚が多いが、大人の世界は複雑なようだ。

「じゃあ、冬舞ちゃん、また。LINEもするから」

「はい、お姉ちゃん。冬舞からもLINEします」

もちろん姉妹で連絡先は交換して、春太もついでに交換している。

初対面の印象はよかったようなので、姉妹の交流は続きそうだ。

雪季の実父との交流が今後どうなるかはわからないが……。

「あ、あのー、お姉ちゃん？」

「はい？」

一度マンションに向かおうとした冬舞が、立ち止まってもじもじしている。

「冬舞、お姉ちゃんに会えてよかったです。美人だし、優しいし、ゲームも最強だっていうし、文句なしです」

「え？　あ、はい」

ゲーム最強は俺だ、などと口を挟むほど春太は空気が読めないタイプではない。

冬舞は明らかになにか別のことを言いたげだ。

「ああ、そうか。雪季」

「お兄ちゃん？」

「雪季、俺たちも去年の春から秋まで会えなかっただろ。冬舞ちゃんは、もっと長いことおまえに会えなかったんだ」

そうだ、冬舞はついさっき匂わせていた。

父は再婚で、ひょっとして自分には兄弟がいるのではと期待していたと――

「あ……そうですね」

雪季は、はっとした顔になる。

春太はずいぶん遠回しな言い方をしてしまったが、雪季に自分で気づいてほしかったのだ。

この可愛い小さな妹は、やっと会えた姉に甘えたいのだと。

「冬舞ちゃん」

「きゃ……」

雪季は、ぎゅっと小五の妹を抱きしめる。

ファミレスの席に座っていたときはわかりにくかったが、冬舞も小五にしては背が高い。

雪季が１７４センチで、冬舞はそれより15センチほど低いだろうか。

「お姉ちゃん……冬舞、本当に嬉しいです」

「うん、私も。今度、一緒にゲームしよう」

今日初めて会ったとは思えない——まるで生まれたときから一緒のような姉妹の姿だった。

春太は、なぜか急に涙ぐみそうになってしまう。

俺、最近すっかり涙もろくなってるな……と思いつつ。

抱き合う姉妹の姿を、春太は優しく見守っていた。


帰りの電車の中——

ドアそばに立った雪季は、ぽつりとつぶやいた。

「変な感じなんですよね」

「なにが?」

春太は、雪季のほうを見た。

雪季はドアの窓から外をぼんやりと眺めている。

「私、ずっと——それこそ、生涯〝妹〟だと思ってたんですよ」

「生涯って、また大げさな」

「なのに、今は妹でなくなって、しかも自分に妹までできちゃいました」

「……予想外の事件が続くな、雪季の人生は」

それは春太も晶穂もまったく同じことが言えるが。

「冬舞ちゃん、可愛かったですね。初めて会ったのに妹だって感じました。お兄ちゃんも、小さい私と初めて会ったとき、同じように思ったんでしょうか？」

「……さあ。さすがに、雪季と会った頃の記憶はないからな」

「にーちゃ、にーちゃって懐いてましたよね、私」

「ああ、あれか」

晶穂の母、秋葉に見せてもらった昔の動画だ。

春太の父が撮影して、実母の翠璃に渡し、それがさらに翠璃の親友だった秋葉に渡るという複雑なルートを辿った動画でもある。

「ママから聞いたことがあります」

「なんだ、今度は？」

「私、小さい頃から人見知りがひどくて、『母に非ずんば人に非ず』で、ママ以外にはまったく懐かなかったたって言ってました」

「平家か、おまえは」

有名な〝平家に非ずんば人に非ず〟をもじったのだろう。

「でも、お兄ちゃんにはあっさり懐いてたって。ママの姿が見えなくなるとすぐに泣き出してたのに、お兄ちゃんがそばにいたら良い子で遊んでたみたいです」

「………」

もちろん雪季も人間だから、怒ったり泣いたりすることは普通にあった。

ただ、確かに幼い頃からそばにいた雪季はたいていの場合、ご機嫌だった。

「あの『にーちゃ』動画を観るより前、あっちに引っ越した直後にママから聞いたんです。私たちは実の兄妹じゃなくても、他のどんな兄妹より仲が良かったって」

「……誰かに言われるまでもないだろ」

「そうですね……」

春太と雪季は、物心ついたときには仲の良い兄妹だった。

それは自分たち二人の記憶に刻み込まれている真実だ。

「俺たちは兄妹として上手くやってきた。でも、今はそうじゃない。普通とは全然違う形で兄妹じゃなくなったが、雪季はそれで――いいんだろ?」

「はい、後悔はないです」

雪季は窓のほうを見たまま、こくりと頷いた。

こんな問答ももう、何度目だろうと春太は感慨深く思ってしまう。

だが、雪季が納得するまで何度でも繰り返せばいいだけだとも思う。

もちろん、春太自身が納得することも必要だ――

「でも、冬舞ちゃんは本当に私にそっくりでしたね。しかも人なつっこくて可愛いですし」

「そうだな、成長したらもっと雪季に似てきそうだ。雪季みたいに可愛くて、しかも人なつっこかったら雪季以上にモテるんじゃないか？」

「うっ……妹に負けないようにモデルになって姉としての立場を守らないと」

「そんな動機でモデル始めんのかよ」

すっかり忘れていたが、雪季もネイビーリーフとの契約の話を進めなければならない。

晶穂のときと同じく、春太が付き添うことになるだろう。

「あ、お兄ちゃん。確かに、冬舞ちゃんはすっごく可愛くなると思いますけど……」

「ん？」

「冬舞ちゃんも、おにーさんおにーさんって懐いてくれてますけど、あの子が言うとおり私の妹でお兄ちゃんの妹みたいなものですからね」

「なんだ、今度はそれを認めるのか」

「ええ、言っておきますが……妹はカノジョにできないんですからね？」

「雪季がそれを言うのか⁉」

どうやら、雪季は妹としてよりも春太のカノジョになりたい女の子として、冬舞を警戒しているようだ。

春太は若干の年下キラーではあるが、もちろん小学生は守備範囲外だ。

そんな雪季の的外れな心配はともかく――

妹だった少女は、今日の出会いでまた一つ変わった――大人に近づいたのかもしれない。

雪季がいなくなる日を前に、雪季との距離が少しずつ離れていくかのようだった。

第6話　妹は夢の先に向かいたい

「なんか、あたしに新しい人がつくことになったんだって」

春太が首を傾げると、晶穂のほうはこくこくと頷いた。

二人が通う悠凜館高校は学年末試験も終わり、ほとんど春休みのようなものだ。

ただ、テストの返却などで登校する機会もそこそこある。

今日も春太と晶穂は普通に学校に登校し、テストを返却してもらってきたところだ。

二人ともテストの結果は問題なく、そこはよかったのだが――

帰り道、晶穂が唐突にマネージャーの話を持ち出してきたのだ。

「マネージャーって俺じゃないのか？」

「あたしもそのつもりだったけど、ハルは謎のベーシスト〝ハウル〟をやってもらうから、マネージャーは別の人に頼むんだって。あと、女の人のほうがいいんだって」

「そういや前、青葉さんが事務所の態勢を整えるとかなんとか言ってたな……」

青葉キラは、全力で晶穂のバックアップをしてくれるようだ。

それは春太にとっても本当にありがたいことだが――

「晶穂のマネージャーは……俺じゃなきゃダメじゃないか？」

春太が晶穂のＵ Ｃｕｂｅ活動を手伝っているのは、単純に手伝いたいという気持ちももちろんあるが――

晶穂の身体が心配で、放ってはおけないからだ。

青葉キラはタレントに無理をさせないと言ってくれているが、晶穂には特殊な事情がある。

実はまだ、青葉キラには晶穂の心臓のことは説明していないのだ。

兄妹であることは明かしても仕事にはほとんど影響はないだろうが、心臓のことは問題が発生する可能性もある。

それを考えると、キラにでも迂闊には明かせなかった。

「でも、ハルがマネージャーだと、あたしがワガママ言いたい放題になっちゃうって問題はあるかもね。ワガママなタレントって今時は炎上しやすいし」

「それは晶穂の自制心的なもので解決できる問題じゃないか？」

俺をなんだと思ってるんだ、と春太は大いにツッコミたかった。

確かに、晶穂が仕事でワガママを言い出しづらくするために、ちゃんとした大人がついたほうがいいというのはわかるが……。

「とりあえずついてもらって、ダメそうだったらキラさんに相談してみるよ」

「うーん……ダメそうならマジで言えよ？」

「大丈夫、大丈夫。あたし、無理はしないから」

「………………」

春太も晶穂が心臓のことで捨て鉢になっているわけではないと理解している。

実際、定期的な検査もきちんと受けているようだ。

晶穂は自分の悲劇に酔ったりはしていないし、やるべきことはやっている。

ならば、春太も晶穂を信頼して、べったり張りつくのはやめるべきかもしれない。

「でも、ガチのマネージャーがつくなんてなあ。なんか生意気だな」

「あたしが生意気じゃないことがあった？」

「ないな」

春太は特に嫌味でもなく、はっきりと頷いた。

思えば、春にショッピングモール〝エアル〟で出くわしたときから晶穂は生意気だった。

「今日はそのマネージャーさんに会うんだよね」

「え、今からか？」

「しかも、マネージャーさんの自宅訪問」

「自宅……？　ちょっと待て、こっちから訪ねていくのは変じゃないか？」

しかもマネージャーが問題がある人間だった場合、晶穂の身に危険が起きてしまう。

春太も、青葉キラがそんな人間をマネージャーにつけるとは思わないが……。

「あたしからお願いしたんだよ。会うなら早めに会いたいから。今日なら、家まで来てくれるなら会えるって言われて」

「だからってなあ……いきなり人の自宅はハードル高くねぇ？」

「ちなみに、ここ」

「んん⁉」

晶穂に連れられて、なんとなく歩いていたが——

この周辺も、晶穂が指差した建物も春太は見覚えがあった。

小さいがまだ新しいアパートで、前にも来たことが——

「って、美波さんのアパートじゃねぇか⁉」

「ハルって、あたしと付き合ってた頃から美人女子大生のアパートを足繁く訪ねてたんだよねえ……これは慰謝料請求していいのでは？」

「ゲームしてただけだ！　美波さんとは後ろめたいことはないぞ！」

「美波さんとは？」

じとっ、と晶穂が目を半開きにして春太を睨んでくる。

どうも、失言してしまったようだった。

「と、とにかく……マネージャーってまさか？」

「とりあえず、行こっか」

晶穂はアパートに入っていき、部屋のチャイムを押した。

部屋のドアの向こうでドタバタとなにか聞こえたかと思うと——

「あー、いらっしゃい、サク、サクのカノジョちゃん」

出迎えに出てきた美波は、黒いタートルネックのセーターという格好だった。

というか、セーターの下は太ももが剝き出しでなにもはいていない。

「……あの、美波さん？　もっと時間かけていいので身支度したらどうですか？」

「あっ」

美波は下をはき忘れたことに気づいたらしい。

「い、いいでしょ。部屋の中ではこんなもんよ。サクたちが来るから一応セーターを着ただけだから。普段はシャネルの五番を着てるの」

「マリリン？」

春太はツッコミを入れ、晶穂は首を傾げている。

有名なネタだが、晶穂は知らないらしい。

「しょうがない。ちょ、ちょっと待ってて」

美波は一度部屋のほうに戻ると、白のミニスカートをはいて戻ってきた。

太ももがほとんど剝き出しなことに変わりはないが、なんとか客を迎えられる格好だ。

「じゃあ、あらためていらっしゃい。サク、サクのカノジョちゃん」

「今は元カノちゃんなんです。すみません、あたし、お姉さんの可愛い後輩をポイ捨てしちゃいました」

「あらら、サクってば捨てられたんだ？　これで美波との関係も浮気じゃなくなるね」

「すみません、さすがの俺もどこからツッコミ入れればいいか……」

春太はまだ美波の部屋に上がってすらいないのに、早くもどっと疲れている。

「元カノちゃんじゃないとなると、アッキー……いや、アキちゃんがいいかな」

「なんでもいいですよ、美波さん」

「なんでハルがオッケー出してんの。あたしのほうはマネさんでいいか」

とにかく呼び方が決まったところで、春太と晶穂はようやく部屋に入れてもらう。

美波の部屋は、たいして広くもないのに50インチのTV、24インチの液晶モニターがある。

さらに新旧様々なゲーム機もそのまま床に置かれていて、周りには美波が愛して止まないゲームソフトのパッケージが山積みになっている。

まさに足の踏み場もない、カオスな部屋だった。

「相変わらず、狭いですね……」

「これが美女の一人暮らしの現実だよ。ドラマみたいな小綺麗な部屋なんてめったにないの」

「美女は関係ないと思いますが」

三人は、わずかな隙間に身を寄せ合うようにして座っている。

一応、ペットボトルのお茶を春太と晶穂に渡してきたあたり、客としてもてなしてもらっているようだ。

「ただ……あの、美波さん、本当に晶穂のマネージャーをやる気なんですか？」

「キラのヤツ、美波をモデルにするのはあきらめたけど、今度は事務所の仕事手伝ってくれってうるさくてさあ」

「青葉さん、いろいろスカウトしてるんですね」

春太の周りだけでも晶穂が既にスカウトに引っかかり、雪季もモデルはやる気だ。

そこにさらに、美波までマネージャーとして加わるとは思わなかった。

「まあ、美波も断り続けるのも悪いとは思うし、真面目な話をするなら……」

「はぁ、真面目な話ですか」

「美波も、もうすぐ三年でしょ？　大学三年になったら、すぐに就活の準備が始まるのよ」

「けっこう早いんすね」

卒業まで二年もあるのに、もう準備を始めるというのは高校生の春太にしてみれが気が早すぎるように感じる。

「あれ、でも忙しいならマネージャーを始める暇なんかないんじゃ……？」

「そこが真面目な話ってわけよ。ネイビーリーフって有名モデルとかＵｃｕｂｅｒも抱えてて、けっこう今後も成長しそうなのよねー」

「待った！　美波さん、友達の会社に就職して楽に就活を済ませようっていうんじゃ⁉」

「しかもキラのヤツ、社長のお孫さんで、次期社長って目もあるわけでしょ。これはもう言うこと聞いといたほうがいいかなって」

「打算的すぎる！」

「ハル、ハル、あのさ」

隣に座っている晶穂が、ぽんぽんと春太の肩を叩いてくる。

「騙されてどうすんの、ハル。この陽向美波さん、美人だし、大学でも成績優秀で、コミュ力も高いんだって。キラさんが言うには、好きなトコに就職できるだろうって話だよ」

「……成績優秀？」

「そこに引っかかるの、サク？　美波さん、高校の頃はめっちゃ勉強できたんだから。前に話したことあるでしょ」

「そ、それはそうですけど……」

美波が今通っているのは、普通ランクの女子大だ。

春太はてっきり、美波は高校時代に勉強を頑張った反動で、ダラけた大学生活を送っているものだと思い込んでいた。

「友達の会社にコネで潜り込むというより、友達を助けてあげようとしてるんじゃないの、このお姉さんは」

「……本人の前でそんな恥ずかしい話をはっきり言うね、アキちゃん」

「いい話じゃないですか。そういう人なら、こっちからマネージャーをお願いしたいと思っただけですよ」

晶穂はクールにそう言うと、ペットボトルのお茶をごくごくと飲んだ。

春太も晶穂にならって、お茶を飲み――

「というか美波さん、ルシータのバイトはどうするんです？　店長は美波さんをアテにしてると思いますけど」

「続けるよ。あのお店はいずれ美波の好きなゲームで棚を埋め尽くして、店というより美波の倉庫にする予定なんだから。ダウンロード販売反対、パッケージこそ正義！」

「店長に警告したほうがいいですかね、俺……」

春太は、心優しい店長には穏やかな人生を生きてもらいたい。

少なくとも、美波は大学在学中はルシータでのバイトを続けてくれるそうだ。

春太もルシータは気に入っているので、頼れる先輩が辞めずにいてくれるのはありがたい。

そうだ、春太はバイトでは美波を頼りにしている――つまり、美波は優秀なのだと元から知っていた。

「ハル、あたしは新マネが陽向美波さんなら文句ないよ」

「……晶穂がいいなら俺が文句を言うことでもないな」

実際、春太に任命の権限があるわけでもない。

「あ、美波は正確にはアキちゃんのマネっていうよりアキちゃんのチャンネルの担当マネだからね。つまり、サクのマネでもあるわけ」

「俺はマネージャーが必要なほど活動してませんけど」

「ふふふ、美波がサクのすべてを管理できるってわけだね。乱れた女性関係の把握もマネの仕事よね」

「乱れてませんよ！」

「乱れてないの？」

「た、たぶん……」

真顔で晶穂にツッコまれて、春太は自信なさげに答えてしまう。

この晶穂と付き合っていた頃に、浮気と言ってもおかしくない件がいくつかあったのは事実だ。

「い、いや、俺のことなんかいいんだよ。それより、晶穂――」

「ああ、そこはハルから話して。あたし、薄幸の美少女らしく自分からは言えないから」

「薄幸って……」

それも事実なので、ツッコミにくい。

ただ、確かに晶穂の口からは心臓の話はしづらいだろう。

本人の許可が出たなら、春太の口から説明するのが適当だ。

「あの、美波さん。晶穂のことなんですが――」

「大丈夫、なんとなくわかってる」

「え？」

美波は、珍しく真面目な顔つきになっていた。

「ウチの弟、身体弱いの。家にいるしかなくて、ゲームばっかりやってるヤツなのよ」

「……美波さん、ホントに弟さんいたんですね」

春太は以前、美波から弟の存在は聞いたことがあった。

ゲームが強いという話も知っていたが、まさかそんな理由だとは思っていなかった。

「だから、なんとなくアキちゃんの身体のことも察しがついた……けど、キラも気づいてたみたいね」

「え、キラさんが？」

晶穂も意外だったらしく、きょとんとしている。

「アキちゃん、病院通いしてることだけはキラに話してたんでしょ？」

「はい、通院の都合で撮影をズラしてもらうこともあったので」

晶穂のほうは珍しく歯切れが悪い。

「詳しく説明すると、CDデビューも無くなるかもってちゃんと話せなかったんじゃない？」

「……そのとおりです」

「大丈夫、身体に問題があるタレントは珍しくないらしいし、気をつけれぱ活動できて、本人が望んでるなら全力でサポートするのがネイビーリーフの方針よ」

美波は、早くもネイビーリーフの一員と化しているようだ。

「言いたくないことは言わなくてもいいけど、できれば言えることは言ってほしいかな」

「そう……ですよね」

美波の言うことが正論ではあった。

なかなか自分の身体のことは言えない——特に晶穂は母を亡くしたばかりで、しかも自分も同じ病気を抱えているのだから。

だが、これからもネイビーリーフとともに活動していくなら、秘密にしておけないだろう。

「今すぐ説明しなくていいよ。けど、少しでも調子が悪かったら素直に申し出ること。美波がマネージャーをするならそれが条件。アキちゃん、オッケー？」

「はい、あたしも無茶はしたくないので。過剰に心配する馬鹿もいますから」

ちらっと晶穂が春太に視線を向けてくる。

春太は苦笑いして、こくりと頷いてみせた。

そこまでわかってくれるなら、やはり美波がマネージャーとして適任だろう。

女性で大人で頭も回るなら、春太よりはるかに向いている。

「じゃあ、今後は美波とアキちゃんでサクをシェアするってことでオッケー？」

「オッケーです」

「シェアってなんだ、シェアって！」

「アキちゃん」

「はい、マネさん」

突然、晶穂と美波が目配せする。

足の踏み場もない床をかき分けて、晶穂と美波が春太の左右にぴったりくっつくと。

ちゅ、ちゅっと続けて左右から春太の頬にキスしてきた。

「だ、だからなにをしてるんだ、なにを⁉」

「まー、実はマネージャーがタレントより立場上だからね。ただのパワハラよ」

「これはＡＫＩＨＯチャンネルのリーダーからメンバーへのセクハラだよ」

「どっちもダメだろ！」

早いうちに〝ハウル〟としてのタレント活動からは手を引いて、晶穂の安全管理だけ担当したほうがよさそうだ。

なにより、美波との付き合いはルシータでのバイトに限定させてもらおうと決めた。

「ううっ、寒っ……いったいいつになったら春が来るんだ……」

「妹を盾にしてみる？」

美波のアパートを無事に出て、春太と晶穂は並んで歩いている。

どんなにカオスでも美波のアパートはエアコンが効いていてあたたかかったので、春太はUターンしたいくらいだった。

もちろん、女子を盾に寒さを凌ぐつもりはない。

そもそも、小柄な晶穂では身長180センチをとっくに超えた春太の盾にはならない。

「寒さはともかく、美波さんはあれで信用できる人だから。晶穂も信じてくれていい」

「ちゃんと話したの、クリパのときくらいだけど良い人なのはわかってるよ。あれくらい、クセが強いほうが退屈しなくていいしね」

「退屈しないことは請け合えるな。ルシータのバイト、客が少ないのに続けられるのは美波さんが面白いからってのは大きいしな」

「おっぱいもけっこう大きいしね」

「……俺の周りはどういうわけか小さい人が少なくてな」

「雪季ちゃんの妹ちゃんは小さかったんじゃない？」

「小学生だろ」

さすがに、春太も小学生の胸をどうこうは言いたくなかった。

ちなみに、晶穂にも春太と雪季が冬舞と会ったときの話は伝えてある。

「ハルにも見境ってものがあったのか……今日は激動の一日だね」

「それ、そんなショックを受けることか？」

晶穂は元カレ兼兄貴をなんだと思っているのか、大いに疑問だった。

「でも、激動はこれからかもね。ＣＤデビューもＵ Ｃｕｂｅの活動もマネがついたらやり方も変わってくるだろうし」

「そうだなあ……良い方向に変わると思うけどな。美波さんはあれで段取りいいからな」

「雪季ちゃんには妹ができたけど、あたしにはお姉ちゃんができる感じかな」

「お、お姉ちゃん……その、美波さんには見習わないでほしいところが多々あるというか」

「ハルってば、マネさんを信じてるのか疑ってんのかわからないよね」

「まあ……基本的に信じていい。能力的には」

あのカオスな部屋を見ればわかるとおり、美波は若干メンタル面で破綻している。

「その辺はあたしも見極めていくよ。どっちみち、スケジュールとか契約とかお金とか、そのあたりはあたしにはわかんないし」

「俺も無理だろうな。所詮はまだまだ世間知らずの高校生だな、お互いに」

春太も晶穂も勉強はできるほうだが、契約書を読んだりＵ Ｃｕｂｅの収益やＣＤデビューの印税の話などは理解しきれるかは怪しい。

そこは大人の力が必要だった。

陽向美波と青葉キラは年齢が近く、頼りやすい大人でもある。

「誰かを信じないとやっていけないもんね、あたしたちの活動は」

「晶穂、えらく前向きだなあ」

「ま、後ろ向きになってる暇はないからね」

「…………」

自分の残り時間の話ではない、と思いたい。

春太は、これからも晶穂が悲劇に酔わないと信じたい。

「JKってウリがあるうちにやることやっておかないとね！　えーと、なんだっけ？　雪季ちゃんに教えてもらったんだけど……そう、バフ！　JKってバフがかかってんだよね！」

「おまえ、普段雪季となにを話してんだ……？」

バフもゲーム用語で、攻撃力や防御力などを強化するという意味だ。

確かに女子高生というのは、ある種のバフがかかった状態かもしれない。

「避けてたこともやらないとね。お仕事もマジで動き出したし、そろそろ観念するか」

「観念？」

晶穂は、じぃっと春太の目をまっすぐ見つめてきて――

「ハルん家に本格的に引っ越してもいい？」

「……そんなもん、とっくに許可は出てるんだよ。むしろ、さっさと来い」

「はーい、お兄ちゃん」

「ウチでその呼び方をすると雪季がキレるぞ」

「雪季ちゃんの危機感を煽ったら、意外と桜羽家に残ったりしてね」

「…………」

雪季が実はまだ、妹のポジションに未練があると晶穂も気づいているらしい。

というより春太を含め、雪季の周りの全員が気づいているくらいわかりやすいが。

「ま、まあ、そうなると引っ越しだな。三月のこの時期だと、引っ越し業者はどこも空きがないかもな。雪季の引っ越しの業者も父さんがだいぶ探したらしい」

「あ、業者なんかいらないよ。晶穂さんの引っ越しは、ギターとパーカーとお母さんの遺骨があればいいのさ」

「……………そのボケは、特にツッコミづらいな」

最後に付け加えたものが重すぎて、「教科書とノートくらい持ってこい」とは言いづらい。

「はいはい、ハルはジョークが通じないね」

「晶穂のジョークが重いんだよ。まったく……でも晶穂、その、遺骨は……」

月夜見家の墓所は既にあって、納骨は可能らしい。

四十九日の法要後に納骨するケースが多いようで、春太もてっきりそうなると思っていた。

「お母さんには、お墓で眠るのはもうちょっと待ってもらうからね。ＣＤができたらお母さんに自慢してやりたいから」

晶穂は、少なくともＣＤデビューまでは遺骨を置いておくことにしたらしい。

母の遺骨と遺影の前に、できあがったＣＤを供えたいのだろう。

春太は知らなかったが、納骨は特にいつまでにと期限は区切られていないそうだ。

なんなら、ずっと自宅に保管しておいても法的には問題ない。

晶穂は、一周忌か三回忌に合わせて納骨するつもりのようだ。

「真面目な話、引っ越しは業者が無理なら自力でやるしかないね」

「あー、それなら俺にアテがある。体力無限のヤツと、労働の段取りが得意なヤツが一人ずついて、そいつらならタダで使えるぞ」

「ハル、それって……」

晶穂も、春太が誰のことを言っているのか気づいたようだ。

引っ越しはイベントの一種なのだから、何人かを誘って楽しむのも悪くないだろう。

春太もたまには、汗をかいて身体を使うイベントを楽しみたいというのもある。

辛い出来事もたくさん起きたが、自分たちもそろそろ明るく楽しく過ごすべき――春太は隣の妹を見ながらそう思った。

第7話　妹は過去を振り切りたい

陽向美波のマネージャー就任から三日後。

早くも、晶穂は桜羽家に引っ越すことになった。

荷物を運び込むことを考えれば、雪季と入れ違いに引っ越すのが一番なのだが、そう上手くタイミングを合わせられない。

ただ、晶穂には身体のことがあるので、急ぐ必要がある。

雪季の引っ越しは新学期ギリギリになる予定で、それを待っていられない。

一時的に、晶穂の荷物は春太の部屋や廊下などに置くことになった。

「つっても、運び出す荷物は少ねぇな」

春太は動きやすいジャージ姿で、今日は朝から月夜見家に来ている。

「晶穂の荷物だけじゃなくて、秋葉さんの部屋も片付けていいんだな？」

「あたしは元々ものが少ないし、いい機会だから家のものまとめて断捨離するよ」

晶穂も上はいつものパーカーだが、下はハーフパンツという軽快な格好だ。

「お母さんの家具も置いといても仕方ないしね。お母さん、帰って寝るだけで家具とかほとんど使ってなかったから、思い出の品でもなんでもないし」

「ドライだな。晶穂がいいなら、いいんだが……」

そういうわけで、秋葉の部屋も整理してしまうことになっている。

このアパートはしばらく契約しておくので、秋葉の部屋をそのままにしておいても問題ないのだが、せっかく労働力を確保できたので、この機会に片付けるらしい。

晶穂は放置しておくよりは片付けて、気持ちの上で区切りをつけたいようだ。

むしろ春太のほうが、秋葉の遺品の処分にためらいがあるが、反対もしづらい。

「おーい、このデカいラックはアパートの下に運んじゃっていいのか？」

その秋葉の部屋から出てきたのは、松風陽司だ。

もちろんジャージ姿だが、ジャージは下だけで上はTシャツという三月とは思えない格好だ。

いくら引っ越し作業で暑くなるといっても、寒がりの春太から見れば信じがたい。

「ありがと。あとで業者さん来るから、運んじゃって大丈夫だよ。悪いね、松風くん」

「今日は部活休みだし、ちょうど身体を動かしたかったところだ。いくらでも働くぞ。もっと重い物とかないか？」

「松風くん、ハルとは違う意味でマゾいね」

「別に、俺は好きで修羅場に飛び込んでいるわけでは……」

春太は憮然として言う。

晶穂は別に、修羅場がどうこうとまでは言っていないが。

「あと、お母さんが溜め込んでたCDとかDVDとかがどっさりあるんだよね」

「仕事柄、そうなるか」

春太も秋葉の部屋を覗いてみる。

デスクとベッド、白のシャレたドレッサー、それに壁際に大きな棚がある。

棚にはギッシリとCDやDVDのパッケージが詰め込まれているようだ。

秋葉はイベント会社に勤めていて、ミュージシャンとの仕事が多かった。

資料としてCDやライブの映像ディスクは必要だっただろうし、貰い物なども多いのだろう。

「つーか秋葉さん、ウチの父親よりよっぽどCD持ってるじゃないか」

「お母さんの趣味で集めたディスクじゃないよ。仕事上の付き合いがあったアーティストのばっかりだし、あんまあたしの趣味に合うのもないんだよね」

「ふーん……」

春太は、いつだったか、晶穂が春太父のCDコレクションを見て目をキラキラさせていたのを思い出す。

春太父とは音楽の趣味が合うようだった。

「服よりディスクのほうが多いくらいでさ。貴重なディスクもあるらしいから、一度レンタル倉庫に送るんだよね。これもアパートの下に置いといて、あとで業者さんが取りにくる予定なんだけど」

「おっ、それも俺が運ぼうか？」

ラックをアパートの下まで運んでいた松風が、もう戻ってきた。仕事が早い。

「月夜見さん、箱詰めはまだ？　特に詰め方とかないなら、そこからやろう」

「松風くん、マジ有能。とりあえず分類とか適当でいいから、詰めてもらえる？」

「任せてくれ。いやー、労働って素晴らしい！」

松風はニヤリと笑うと、秋葉の部屋へと入っていった。

もちろん、晶穂から自由に出入りする許可は出ている。

松風たちが来る前に、春太と晶穂で手分けして秋葉の部屋は整理してある。

秋葉の大事なものは別にしてまとめてあるので、うっかり捨てることもない。

「俺の友達、ブラック企業で嬉々として働きそうだな」

「でもマジ助かる。ハル、友達は大事にしなよ？」

「労働力としてか？」

「お母さんの机とベッドは処分するつもりなんだよね。松風くんがいれば楽勝だ」

「晶穂、マジでそんなに思い切って処分していいのか……？」

「いいよ。置いといても誰も使わないしね。あのドレッサーだけはあたしがいつかもらう約束になってたから、ありがたくいただくけど」

「ちゃっかりしてんなあ……」

ただ、確かに机とベッドはかなり年代物のようだ。

もしかすると、秋葉の独身時代から使っていたのかもしれない。

ドレッサーも新しくはなさそうだが、凝ったデザインでこれを捨てるのはもったいない。

晶穂が受け継いで使えば秋葉も喜ぶだろう。

「とりあえず、重い物はあの未来の社畜が全部なんとかするとして。晶穂、台所も整理するんだったよな?」

「そっちは——」

晶穂が言いかけたところで、まさにその台所からひょこっと顔を出した人物がいた。

「なぁなぁ、このカップ、ええ模様やん。ウチの店に置きたいくらいや」

「そんなカップなら他にもたくさんあるよ。ウチの母、お土産に買うだけ買って配りもせずに自分ちに積み上げてたんだよね。よかったら、あげるよ」

「ええっ！ ホンマに⁉」

驚きつつも嬉しそうな顔をしたのは、氷川涼風だった。

今日もお馴染みのメイド服姿だが、カフェRULUのウェイトレス時に着用しているものとは別物で、スカート丈が短い。

動きやすさのためか、春太を挑発するためか、そこは永遠の謎にしておきたい。

本人に言わせると、〝汚れてもいいメイド服〟らしい。

「このコーヒーカップが特にええなあ。二客あるから一客は私のプライベート用にして、もう一客はサクラくんがお店に来たとき用にするわ」

「特別感を出すな！」

「いいよ、台所のものならなんでも持ってって。元カノさんには軽トラ出してもらうんだしね。お礼代わりにどうぞ」

そう、涼風の家には軽トラックがあり、晶穂のわずかな荷物はそれに載せて桜羽家に運んでもらえることになっている。

結局、引っ越し業者の手配は失敗したので、ありがたい話だった。

「おー、マジで嬉しいわー。ありがと、今カノちゃん！」

「あ、そうだ。実はあたしももう元カノちゃんだから」

「へぇー、サクラくん、こんな可愛い子までフッたんや？　贅沢なヤツやねえ」

「おまえらな……」

春太と晶穂の関係が終わったのは事実だが、涼風のほうは元カノではない。

「元カノちゃん、もうちょっと詳しい話、聞かせてもらおかな？」

「じゃあ、台所を整理しながら話そうか。氷川さんが知らないハルの身体のことまで教えられるね」

「うわぁっ、私には刺激強すぎや！」

「…………」

本当に、晶穂と涼風は二人でワイワイ騒ぎながら台所の整理を始めてしまった。

春太にはいろいろな意味で邪魔がしづらい。

「……涼風のヤツ、引っ越しの手伝いに呼びつけて悪い気もしてたが、全然悪く思わなくてよさそうだな」

「春太郎は、相変わらず氷川には厳しいな」

ハハハ、と松風が笑いながら大きな段ボールを廊下に置いている。

早くも段ボール一箱分、ディスクの整理を終えたらしい。

「そんなことはいいんだよ。松風、仕事早いな」

「俺、引っ越しのバイトでもしようかな。向いてるかもしれない」

「間違いなく向いてるよ、おまえは」

「今日は180センチ超えのデカいのが二人にメイドが一人だからな。大豪邸の引っ越しでも楽勝だ」

「俺なんて去年の夏休みは引っ越しバイトしてたしなあ」

ただし、かなりキツかったので、今年の夏もやるかは怪しいものだ。

春太は松風と違って、自分の肉体をイジめることに快感を覚えない。

「というか、松風は二年になったらもっとバスケ漬けだろ。バイトしてる暇なんてないんじゃないか」

「さすがに部活とバイトの両立は物理的に難しいか。残念だ」

「今でも練習しすぎなくらいだろうに、まだ頑張る気だよな、おまえは」

「もちろん。一年の夏と冬の大会はけっこういいトコまでいったからな。今年の春は、期待できそうな一年生も入ってくるらしいんだよ」

「へぇ、ガチで全国目指す気か？」

「俺は最初から常にガチだよ、春太郎。優勝目指さなかったことなんて一度もねぇよ」

松風はシュートを打つマネをしてみせる。

なにしろ長身で身体のバネも凄いので、アパートの天井に軽く手が届きそうだ。

「高校の間はバスケに打ち込むよ。氷川のヤツのことは……ま、春太郎は気にすんな」

「……涼風はいい友達だよ。本人には絶っっっ対に言わないけどな」

「ハハハ」

松風は笑い、また秋葉の部屋に戻っていく。

春太は松風の言葉の端々に感じることがあった。

高校の間はバスケ――つまり、バスケのことがなければ、氷川涼風への気持ちを明かすこともあったということだろうか。

この親友は不器用で、バスケに打ち込んでいる間はバイトも本気の恋愛もできないようだ。

「そうだ、春太郎」

「わっ」

ひょこっと松風がまた廊下に顔を出した。

「友達で思い出した。前から春太郎に言っておこうと思ってたこと、あるんだよ」

「な、なんだ？　あらたまって、なんか怖ぇな」

「春太郎、俺といつ仲良くなったか覚えてるか？」

「……いつの間にか、じゃないか？　家も近いし、同じ公園でよく遊んでたしな」

おそらく、春太が松風と仲良くなったのは小学校に入るより前だ。

幼稚園にすら通っていなかった頃だろうから、記憶になくて当然だろう。

「俺さ、ガキの頃から身体デカかったし、力もあったからな。いい気になってたんだよ」

「は？　松風、なに言ってんだ？」

「それでさ、ガキ大将っつーの？　そういうの気取って子分引き連れてたとき、たまたま公園で一人で遊んでる女の子見つけてさ」

「…………ん？」

「それで、〝あの女、邪魔だから追い払おう〟って話になって。その子がすっげー可愛くて、みんな逆に……なんというか、意地悪したくなったんだよな」

「おい、それって……」

「そしたら、その女の子の兄貴がいきなり現れて殴りかかってきて。俺も子分たちも瞬殺で、逆に俺たちが追い払われたんだよ」

「あれ、松風だったのか!?」

「やっぱ、春太郎は忘れてたか。瞬殺されたほうは忘れねぇもんだよ」

「ま、まったく気づいてなかった……」

そもそも春太は、幼い頃に公園で雪季を助けたことも忘れていた。

ましてや、ケンカの相手のことなど覚えているはずもない。

「そのあと、俺一人でおまえにリベンジしてやろうって何度も公園に行ったけど、おまえも女の子もまったく現れなくてな」

「確か、ケンカが親にバレて家で謹慎させられてたんだよ」

その記憶も、春太は最近思い出したばかりだ。

謹慎のおかげでゲームの面白さに気づけたという思い出だ。

「そうだったのか。ま、それで時間が経ってリベンジしようって気もなくなって……でも、おまえのことは気になってたからな。確かに、〝気がつけば〟友達になってたのかもしれない。でも、そもそものきっかけはあったんだよ」

「……ケンカして友達になるとか、昔の漫画みたいだな」

「まったくだ、恥ずかしい」

ははは、と春太は松風と顔を見合わせて笑う。

幼い頃の雪季をイジめたことは気になるが、さすがに復讐しようなどとは思わない。

というより、春太に瞬殺されたのだから、松風が少し気の毒なくらいだ。

「おーい、男子ども。仲良うしてるトコ悪いけど、こっちちょっと手伝うて」

涼風がすたすたと歩いてきて、春太と松風に手招きしてみせた。

「はいはい、なんでも手伝いますよ、氷川さま」

「なあ、松風くん。あんた、ウチの妹とも仲良うしてくれてんやろ。私は涼風、妹は流琉って呼んでやってや」

「……流琉はいいが、おまえは氷川のままにしとこう」

「なんや、照れて。可愛いトコあるやん、松風くん」

涼風がニヤッと笑って台所に戻り、松風もついていく。

「よかったな、氷川。姉貴が余計な気を回してくれたぞ」

春太は、ここにはいない後輩の氷川流琉に呼びかける。

氷川流琉は、あきらめることなく松風のことを想い続けるだろう。

姉の気遣いは余計かもしれないが、あのお人好しな氷川流琉ならありがたく受け取るのではないか。

春太と雪季、晶穂の関係が変わっていくように。

氷川姉妹、松風との関係も少しずつでも変わっていくのかもしれない。

それは決して悪い変化にはならないと春太は確信している。

氷川流琉は松風を想い、松風は氷川涼風を想い、そして氷川涼風は――

なかなかにややこしい関係ではあるが、修羅場になることもないだろう。

なにしろ、松風陽司も氷川涼風も妹の流琉も、同じ中学で同じ時を過ごし、今も親しく付き合っているのだ。

この三人が気の良い連中であることは、春太が誰よりも知っている――

「ほら、サクラくん、なにをニヤニヤしてんねん」

涼風が台所から顔を出して、じろっと春太を睨んできた。

「ああ、俺も手伝うんだったな」

「ハル、あんたはこっちはいいよ。台所の食器棚、前から位置を変えたかったけど、か弱い娘と母じゃ重くて無理だったんだよね」

ひょこっと晶穂も台所から顔を出してきて――その後ろで松風が棚に手をかけている。

「任せろ、月夜見さん。この棚くらいなら、俺一人で持ち上げられる」

「俺も手伝ったほうが確実だろ」

「いいから、ハルは氷川さんと別の仕事やって」

「そういうことらしいわ。せっかくパワー型が二人おるんやからな。サクラくん、仕事は効率よく分担するのがコツやで」

「そうっすか」

松風がすぐ近くにいるのに、涼風と二人きりになるのは気が進まないが……。

春太は深く考えないことにする。

がっちりとヒモで縛り上げた雑誌の束を両手に持ち、春太はアパートの外まで出てきた。

裏手に、月夜見家が不要品を出すための簡単な囲いがつくられている。

管理人に許可をもらい、業者が回収に来るまで不要品を外に置いていいことになっているらしい。

「ふう、紙類ってけっこう重いんだよなあ」

「サクラくん、家事は全部ふーちゃん任せやっていうけど、ゴミ捨てはしてるんやな」

「それくらいはな。今日も、さすがに涼風に力仕事はさせられないし」

「あら、優しいやん。その優しさが中学時代にもあったらなあ。私ももっとグイグイ攻めてたかもしれんわ」

「優しさにつけ込むのかよ。そりゃ危ないトコだったな……」

春太は積み上げられたゴミ類を整理しつつ、苦笑する。

「でもサクラくん、中学の頃より優しくなった気がするわ。今カノちゃんのおかげやろか？」

「さあな……特別に晶穂に優しくしてるつもりもないが」

「ふーちゃんへの優しさだけが特別な感じやったなあ。今は今カノちゃんも特別で、私や流琉、冷泉ちゃんにもその優しさがお裾分けされてるんやろか」

「俺に聞かれても」

春太の周りは思わせぶりな話をする女子が多いが、涼風も相当だ。

涼風も、中学時代からの複雑な事情があるので話がややこしくなってしまう。

「あ、もう今カノちゃんやないんか。サクラくんにカノジョができたのも意外やけど、別れたのも意外やわ」

「……高校生のカップルなら珍しいことじゃないだろ？」

「サクラくんが誰かと付き合い始めたら、一気に結婚までいくかと思うとったわ」

「俺、そんな勢い任せで生きてねぇよ」

どちらかというと、春太は何事にも迷ってしまうタイプだ。

「サクラくんは一途やからねえ。子供の頃からずっとふーちゃん可愛がってきて、中学でも全然変わってないし」

「妹と……付き合う相手はまた別だろ」

個人的には別とは言えなくなっているが、春太は一般論を口に出してしまう。

「それより、もっとゴミも来るだろうし整理してスペース広げないと……うっ、まだ寒いなあ」

吹いてきた風に、春太は身をすくめる。

ジャージの上下を着ていて、作業で身体はあたたまっているが、風は冷たい。

「サクラくん、寒がりは相変わらずなんやなあ」

「治るもんでもねぇだろ」

「中学んとき、冬に空気の入れ換えで窓開けてたら怒られたん覚えてるわ。理不尽やったわ」

「そ、そんなことあったっけか。わ、悪かったな」

「でも、あとで他の子に聞いたわ。松風くんが練習試合控えてんのに風邪気味で、サクラくんがピリピリしてたって。えらい友達思いやん？」

「……それも……覚えてないな」

それは嘘で、春太はしっかり覚えていた。

バスケ部が強豪校との練習試合を控えていて、松風もスタメンで出る予定なのに体調を崩していたことがあった。

「妹思いで友達思い。単純なことやけど、ええヤツやと思ったんよね。私もチョロいわ」

「俺にとっては普通のことだな……よし、整理はこんなもんだろ。さっさと戻ろう。おまえが風邪引くぞ」

「君が寒そうやん。デカいくせに寒がりっていうのが、なんか可愛らしくてええわ」

「身体のサイズと耐寒性能は関係ねぇよ」

春太も雪季も身長は平均よりずっと高いが、寒さには弱いのでその説は実証されている。

「確かに風強いなあ……きゃっ！」

「…………っ」

ビュウッとひときわ強い風が吹き、涼風の短いスカートがひらっと揺れた。

「可愛い悲鳴、出てもうたわ。サクラくんを誘惑したと思われてまう」

「そのくらいのことで誘惑されたりは……」

「ＲＵＬＵの看板娘のパンチラやで？　常連さんたちなら、万札出しても見たがるわ」

「だから、おまえんトコの常連、出禁にしたほうがいいぞ」

カフェＲＵＬＵの常連たちは看板娘を怪しい目で見ているらしい。

メイドカフェでもないのにメイド服を着ている涼風にも、若干の問題はあるが。

「ま、そうやね。今カノちゃんにフラれたからって、パンチラ程度でサクラくんを誘惑できるわけもないか」

「俺がフラれたって決めつけてやがるな」

「どっちでもええから、おもろいほうを真実にしただけや。私はそこまで君に未練があるわけ

でもないしな、実際んトコ」

涼風は微笑んで、先を歩いてアパートのほうへと向かう。

春太も涼風の後ろをついていく。

「私はRULUを継いで、サクラくんは地元におって、たまに『よう』って店にコーヒー飲みにくる……そんな関係もええと思わん？」

「俺がずっと地元にいるとは……まあ、悪くないかもな」

「そうそう、〝悪くない〟くらいがちょうどええんよ」

涼風が春太に背中を向けたまま言い、また風が吹いてスカートの中がちらりと見えた。

危うく、つまらないことを言うところだった。

春太はかろうじて軌道修正できて、ほっとする。

氷川涼風は中学の同級生で、かつて告白してきた女子で、今はいい友達。

そして、なにより美味しいコーヒーと軽食とスイーツのカフェの看板娘。

春太は、たまにその店に現れる客。

そんな関係でいいのだろう、と春太は思った。


引っ越しの作業は終わり、夕方になると松風と涼風は帰っていった。

晶穂の荷物は、涼風の父親に軽トラックで桜羽家に運んでもらい――

春太と晶穂は二人で月夜見家に戻って、一通りの掃除を済ませた。

「ふー、終わった終わった。松風くんと涼ちゃんのおかげでなんとか夜までに終わってよかったよ」

「涼風とも仲が良くなったようでなによりだ」

いつの間にか、晶穂は涼風を〝涼ちゃん〟と呼んでいる。

「今度、二人にはお礼しないとね。ハルをバスケ部の助っ人に出して、ハルにRULUの皿洗いをさせるか」

「どっちも俺かよ！」

「冗談、冗談。やっぱ、ご飯おごるくらいがいいかな。なにか考えといて、ハル」

「あの二人、どっちもなんでも食うけどな。まあ、考えとく」

店を選ぶなら、松風と涼風、どちらもよく知っている春太が適任ではある。

「よろしく。でも、荷物少ないからすぐに終わると思ったのに、意外にかかったね」

「けっこう働いたな。ところで、なんで晶穂もメイド服姿になってんだよ」

いつの間にか、晶穂が胸元を強調したミニスカメイド服に着替えている。

「ちょっとパーカーが汚れちゃったからさ。汚れたままで触りたくない荷物もあったから、着替えようとしたら、涼ちゃんがこのメイド服をプレゼントしてくれたんだよ」

「涼風のヤツ、なにしてんだ。引っ越しで物を捨ててるのに、わざわざ増やしてどうすんだ」

「このメイド服は、大事に桜羽家でも着るよ？」

「出禁にするぞ」

「あたし、家なき子になるじゃん！」

だったら余計なイヤガラセをするな、と春太は言いたかった。

晶穂の場合、本気でメイド服姿で家の中をウロウロしそうなのが怖いところだ。

「出禁が嫌なら、パーカーでもジャージでもいいから着替えろ。その格好で桜羽家に来られちゃ困る」

「困らせるのがいいのに……しゃーないな」

晶穂は一旦、物がほとんどなくなった自室に戻り、別のパーカーとホットパンツという格好で戻ってきた。

やはり寒そうな格好だが、本人がいいなら別にかまわないだろう。

「あとは、お母さんだけだね」

「そうだな……」

秋葉の遺骨を置いていた〝後飾り〟は一度片付け、これも桜羽家に運び込んだ。

今、アパートには遺影と位牌だけが残されている。

晶穂が自分の手で運びたい、とこれらだけ残しておいたのだ。

「お母さん、今から引っ越しだよ。長いこと暮らしたこのアパートともお別れだからね」

晶穂は、居間に残してあるローテーブルに置いた遺影と位牌に語りかけている。

春太もそちらに向き直る。

「……秋葉さんは、ウチに引っ越して文句は言わないかな」

「可愛い娘がそばにいれば文句ないいんじゃない？　あ、そうだ。山吹先生って、ハルの実のお母さんの写真とか手に入れられないかな？」

「俺の母親の……写真？」

桜羽家にも、山吹翠璃の写真が一枚だけある。

まだ生まれたばかりの春太を抱いて微笑んでいた母の写真だ。

「大きく引き伸ばしたヤツがいいな。お母さん、ハルのお母さんのことがホントに好きだったみたいだからさ。写真を並べて飾ってあげたら喜ぶんじゃないかと思って」

「そうか、それは思いつかなかった。山吹先生にいい写真がないか訊いてみよう」

星河総合病院の山吹医師は、春太の祖父母との親戚付き合いもあるようだ。

翠璃の写真の一枚や二枚は、簡単に手に入るだろう。

「それなら、お母さんも文句ないでしょ。あたしが桜羽家に保護されるなら、ここにお母さんを置いとくって選択肢は最初からないしね」

「そうだな……あれで秋葉さんは晶穂に甘かったしな」

「あたしに好きにギターを弾かせる甘さもほしかったね」

「ウチも、いつでもご自由に弾いてくださいとは言わないぞ」

桜羽家がご近所に騒音で迷惑をかけることになってはまずい。

「ちぇっ。ま、そろそろ行こうか」

「ちょっと待った」

「ん？」

春太は、立ち上がろうとした晶穂を制する。

晶穂が桜羽家に引っ越す前に、この月夜見家のアパートでやっておきたいことがあった。

今ももしかしたら、月夜見秋葉の魂があるかもしれないこの場所で。

「晶穂、これを見てくれ」

「スマホ？　なに、なんかエロい写真？」

「この流れでそんなもん見せるか！　秋葉さんのご霊前だぞ、ここ！」

後飾りが移動されても、遺影も位牌もあるのにそんな失礼なマネはできない。

「晶穂、落ち着いて聞いてほしい。その……亡くなる直前の秋葉さんから送られてきたファイルがあるんだ」

春太は、晶穂にはまだ、生前の秋葉からもらった謎のファイルの話をしていなかった。

ファイルにはなにが入っているか見当もつかず、パスワードがかかっていて中を見られるかどうかすらわからない。

母親の死で不安定になっていた晶穂には、希望になるか絶望になるか定かでなく、特に意味のないものが入っている可能性もあった。

だから春太は、晶穂にファイルの存在を教えられなかったのだ。

「お母さんから？　イタズラとかじゃなくて？」

「真っ先にイタズラを疑うのかよ。まあ、やりそうな人ではあったけど」

実は春太も、その可能性を捨て切れていない。

「そのファイルは圧縮フォルダで鍵がかかってたんだが、パスワードがわからなかった」

「あー、あたしもそういうことやりそう」

「おまえと秋葉さんはよく似てるよ。でも、この前解けた。『Ｌｏｓｔ　Ｓｐｒｉｎｇ』のサビのコード進行、あれがパスワードになってたんだよ」

それから、春太はパスを解いてみたものの、中にあったフォルダは見ていないと説明する。見るなら、晶穂と一緒でなければいけない気がしたからだ。

「そのパスワードもお母さんらしいね。ふーん、だったら見てみたら？」

「軽いな……もっと驚くかと思ってた」

「お母さんが死んだばっかの頃なら驚いたかもね。けど、あたしだってさすがにもう気持ちの整理はついてるからさ」

晶穂は、淡々とそう言って。

「それ、ハルに送られてきたんでしょ？　だったら、ハルが見るべきだよ」

「え？　晶穂は見ないってことか？」

春太が訊くと、晶穂は迷わず頷いた。

「い、いや、でもおまえの母親の……結果的には、遺言みたいなもんで……」

「わかんないじゃん。ひょっとしたら、お母さんがハルに告ってるメッセージが入ってるかも。そしたら、娘としては気まずいなんてもんじゃないよ？」

「ないない、それはないって！」

冗談にしても恐ろしすぎる。

ただ、まずは春太が見るべきというのはそのとおりかもしれない。

晶穂の母親が最後に送ったファイルだということばかり考えていた。

亡くなった人にも、もちろんプライバシーはある。

「じゃー、あたしは我が家で最後のライブをやっとこうかな。家で弾くな、ってうるさかったお母さんに捧げるよ」

「おまえ、ギター持ってきてると思ったらそのために……」

晶穂は荷物が増えるのに、わざわざ愛用のギターを持ち込んでいた。

「可愛い娘の歌声を聴かせて、お母さんのご機嫌を取ってから連れて行くよ」

「秋葉さん、おまえのギター、うるさいって言ってなかったか？」

「お母さん、昔の人だからツンデレなんだよ」

「その理屈、よくわからんが……」

確かにツンデレが漫画やアニメで流行したのは昔の話らしいが。

晶穂はギターをアンプに繋がず、そのまま奏で始めた。

珍しく、しっとりとしたバラードを弾いている。

春太もその様子を見つつ、スマホを操作した。

「……フォルダに入ってたの、音声ファイルだ」

まさか、本当に俺への告白では――

春太は一瞬馬鹿なことを考えてしまい、慌ててその考えを振り払った。

「えーと、画像ファイルも一つ。番号が振ってあって、音声ファイルのほうが01だな」

「そっちを先に聴けってことだよね。遠慮せず聴いて」

春太はワイヤレスイヤホンを取り出して、耳につける。

最近は出先で動画を観たり音楽を聴くことも増えたので、奮発して購入したものだ。

晶穂の演奏もかすかに聞こえる中、「あー、あー」とマイクテストが耳に届いてきた。

『まずはこれを、春太くん一人で聞いてることを祈ります。もし晶穂も聞いてたら、どっかにどかせといてくれる？』

「…………」

晶穂の判断が正解だったようだ。

『最初に言っておきますが、私にとって春太くんは本当に大切な子だから。翠璃先輩のたった一人の子供で、真太郎さんの息子でもある。晶穂は別格として、君のためなら臓器の一つ二つはあげられるくらい、大事ですから』

「…………」

カノジョの母親からの愛が重い。

いや、晶穂は今はもうカノジョではないのだが――

『こういうの、少し照れます。大人になると恥ずかしいことって増えるのよね。恥ずかしいついでに、誰にも――翠璃先輩にも言えなかったことを、大切な君に告白します』

敬語が多いのは、照れているかららしい。

『変なこと聞かせてごめんなさい。私、月夜見秋葉には荒れてた時代があ、あ、ありました』

「え？」

春太は思わずつぶやいてしまったが、晶穂の演奏は止まっていない。

母が驚くような話をすることは、晶穂も予想済みなのだろう。

さらに、秋葉の話は続く。

『私が荒れたのは学生時代じゃなくて、大人になってからです。その頃には、翠璃先輩は結婚してました』

荒れていたというのは、春太にも事情は予想がつく。

自分の身体のこと、心臓のこと。

それに、親友である山吹――いや、その当時は〝桜羽翠璃〟だった人のこと。

その親友は結婚したあとも、病気で先がどうなるかわからない状態だった。

不安が山積みで、自分も親友も将来があるかすら定かではない――これで情緒不安定にならないほうがおかしい。

大人になったからといって、安定するとは限らないだろう。

『荒れてた私は、恥ずかしながら――いろんな男の人と付き合ってました。その経験から言わせてもらうと、春太くんは付き合う相手は一人にしたほうがいいわ』

「…………」

ごもっともです、と春太は頷く。

どうも周りに誘惑が多すぎるが、春太は交際相手を一人に絞ることに異論はない。

『その時期に、なんとなくだけれど――君のお父さんとも変なことになってしまいました。翠璃先輩にはっきり言ったことはないけど、あの人は気づいてたと思う。こういうのもなんだけど、翠璃さんがけしかけてくるところもあったくらいです。真太郎さんは人に言ったことはないけど、子供をほしがってたから。身体が弱くて、子供を産めない――そう思い込んでた翠璃先輩は他の人が産んでもいいから、真太郎さんの子供がほしいとまで思い詰めてたんです』

　おそらく、このくだりは秋葉も相当に言いにくかったのだろう。

　一気にまくし立てられて、春太はすぐには理解が追いつかなかった。

『私はその頃、体調は割と安定してて、だから荒れてたのかもしれません。荒れるのも体力がいるからね。だから、子供を産むこともできたのよ』

「おーおー、ウチの母ってばなにを語っちゃってるのかな？　ハル、すんごい顔してるよ」

「……今からでも一緒に聞くか？」

　春太は、茶々を入れてきた晶穂に心にもないことを言う。

　晶穂は笑って首を横に振り、また演奏を再開する。

『ああ、前置きが長くなりました。結論から言います。晶穂が真太郎さんの娘なのか――実のところ、私にも確信がありません』

「………………っ！」

　春太は思わず立ち上がりそうになって、かろうじて自制した。

　それは話が違う――違いすぎる！

　叫び出しそうになるのを、必死に抑え込まなければならなかった。

『といっても、もっとも可能性が高いのが真太郎さんであることも事実です。どういうことかまでは言いませんが、おそらく九割以上の確率で晶穂の父親は真太郎さんです』

「…………」

続けての説明で、春太はなんとか落ち着きを取り戻した。

俺と晶穂が実の兄妹じゃない可能性が、一割は存在する――

逆に言えばそういうことで、とんでもない話だ。

これまでのすべての話がひっくり返りかねない。

なにが、自分にとっての〝すべて〟なのか春太にも説明しきれないが……。

当時の秋葉の異性関係について詳しく解説されても困っていただろうから、この程度の説明で済ませてもらって、よかったのかもしれない。

『私にも真実はわかりません。真実を確かめる勇気がありませんでした。だけど、以前に約束したとおり、春太くんがＤＮＡ鑑定をするなら費用は私が出します』

そういえばそんな話も聞いた、と春太は思い出した。

ＤＮＡ鑑定はけっこうな費用がかかるらしく、高校生がポンと出せる金額ではない。

考えてみれば、普通なら子供の父親が誰なのか母親は誰よりもよく知っている。

それでも、秋葉がＤＮＡ鑑定の話を持ち出してきたのは――春太に納得させるためでなく、自分でも真実がわからなかったからなのだ。

『私の部屋のドレッサーの一番下の引き出し。その上側にお金が入った封筒を貼りつけてあります。私がいないときにでも、勝手に持ち出してくれてかまいません』

「スパイじゃねぇんだから……」

隠し場所が意外すぎて、思わず春太はつぶやいてしまった。

『もし鑑定しないなら、そのお金で美味しい焼き肉でも食べてください』

「…………」

その封筒には、かなり豪華な焼き肉が楽しめる金額が入ってるだろう。

『それと、もう一つ画像があります。そちらも見てください』

春太は音声ファイルを再生させたまま、02の画像ファイルを開いた。

「お、おい……」

「ん？」

今度は、晶穂が反応した。

ギターを弾きながらも、きょとんとして春太を見ている。

『見てのとおり、赤ん坊の頃の春太くんと晶穂です』

そう——そこには、生後数ヶ月くらいの赤ん坊が二人写っていた。

『ご存じのとおり、結局は翠璃先輩も無事に子供を産むことができました。私より二ヶ月ほど早かったくらいです。翠璃先輩から春太くんが引き離されたのも知ってのとおりだけど……その前に、私たちはお互いの宝物を連れて会っていました』

そのときに撮った写真、ということらしい。

春太は青、晶穂は赤の肌着を着て、奇跡的なタイミングなのか——

顔を見合わせて、お互いに笑っていた。

まるで、自分たちが兄妹だとわかっているかのように。

『私も翠璃先輩も、君たちのその姿を見て本当の兄妹だって確信しました。君たちがどう思うかは——君たちに任せます。この写真は、晶穂に見せてもいいよ』

俺の母親も、晶穂の存在を認めていた——

いや、晶穂を可愛がってくれてたんだっけな。

春太は実の母のことを思い出し、ずっと幼い頃、物心がつくずっと前のことまで思い出しそうだった。

もちろん、生後数ヶ月の時期のことを思い出せるはずもないが——

赤ん坊の頃の晶穂との思い出が存在することは事実で、この写真が証明してくれている。

『以上です。春太くん、ここまで聴いてくれてありがとう。ついでに、この話は私の前では聴かなかったことにしてくださいね』

「…………」

このボイスを吹き込んだ時点では、秋葉はまだ自分が死ぬとは思っていなかった――

できることなら、春太は聴いたことを忘れられず、秋葉の前で不審な態度を取りたかった。

だが、それはもう決して叶わない願いだ――

「晶穂、ほら」

「なに、あたしに見せていいの――って、これもしかして？」

晶穂はギターを弾いていた手を止め、春太が掲げたスマホの画面を食い入るように見始めた。

すぐに、写っている赤ん坊が誰と誰なのか気づいたらしい。

「えー、あたしって赤ちゃんの頃から可愛すぎじゃん。ハルは赤子なのに小生意気さが隠しきれないね」

「小生意気な赤ん坊ってなんだよ……」

生意気さでは、春太は晶穂の足元にも及ばない。

「あたしが公園でハルを見かける前に、こっそり逢引きしてたわけか」

「逢引きする赤ん坊って相当イヤだな……」

「この頃から、ハルはお兄ちゃんだったってわけだね。ああ、雪季ちゃんにバレたら、なんだかんだで殺されそう」

「雪季をなんだと思ってるんだよ」

だが、春太と晶穂は雪季が生まれる前から兄妹だった――

「いや、翠璃さんは俺と雪季も本当の兄妹だって思ってたんだっけか」

「ふーん、ハルと雪季ちゃん、ハルとあたし、両方ともハル母公認の兄妹ってわけだね」

「変な話だが……そういうことだな」

山吹翠璃――いや、桜羽翠璃はふところが深い女性だったらしい。

自分が産んだ息子と、自分が産んだわけではない二人の女の子を兄妹だと認めていた――そんな女性だからこそ、秋葉も親友として付き合っていたのかもしれない。

「ん？　でもハル、お母さん、この写真を見せてなんだって？」

「………………」

秋葉の決して長くはないが、これまでのドタバタをすべてひっくり返す可能性すらある話。

これは晶穂にとっても重要な話だが、彼女が知るべきなのかどうか。

秋葉はその判断を春太に委ねた――いや、任せてくれたのだ。

少なくとも秋葉は春太を〝晶穂の兄〟だと思っていて、あとのことを託してくれたのだ。

まだ自分が間もなく世を去るとは思っていなかった頃の秋葉が、自分に託してくれた――ならば、この答えだけは先延ばしにすることなく、秋葉のためにも今ここで決めなければならない。

「要するに、俺たちは生まれた頃からの兄妹だってことだ」

「……ふぅん。ま、確かにそうみたいだね」

春太は晶穂が頷いたのを見ると、スマホの画面を消してポケットにしまった。

「晶穂、焼き肉を食いに行こう」

「は？　なにそれ、引っ越し祝い？」

「そんなトコだ。遠慮しなくていいぞ、晶穂」

「あたしが遠慮なんてするわけないじゃん。でも、急にどうしたわけ？」

「ああ、そうだ。秋葉さんのドレッサーって向こうに運んだよな？」

「え？　あたしが使うって言ったじゃん。もし使わなくても、あれは持っていくよ。お母さんのお気に入りだったから」

「そうか」

だからこそ、秋葉はそのドレッサーをＤＮＡ鑑定の費用の隠し場所に選んだのだろう。

もしも自分の身になにかが起きても、晶穂が受け継いでくれるものだから。

春太は秋葉の遺志を知り、心を決めた。

秋葉の告白は、晶穂には隠したまま墓まで持っていくと。

俺は、晶穂を妹として守っていく――

その決意を翻すような〝可能性〟を信じる必要はないし、晶穂に伝える必要もない。

春太は覚悟とともに決意して――ふと、思いついた。

「〝ｈａｒｕｔａｈｉｍｉｔｕ〟か……」

「え？　さっきからなに？　なんか怪しいな、ハル」

「文句があるなら、思わせぶりなメッセージを遺した秋葉さんに言ってくれ」

「それはあたしも文句は言えないね。思わせぶりなトコこそ、お母さんから遺伝してるから」

「まったくだ」

散々、晶穂の思わせぶりなところに振り回された春太には、思うことがたくさんある。

秋葉が、圧縮フォルダにつけた名前――〝ｈａｒｕｔａｈｉｍｉｔｕ〟。

確かに、晶穂の出生の秘密は春太にとっての秘密でもあると言えなくもない。

春太と晶穂が実の兄妹なのか、という秘密に関わる話でもあるからだ。

ただ、このフォルダ名は――「春太くん、この話は秘密にしてね」という秋葉からのメッセージでもあったのではないか？

秋葉は春太に判断を委ねつつも、本当は――晶穂に黙っていてほしかったのではないか。

考えすぎかもしれないが、春太はそう思えてならなかった。

だったら、ＤＮＡ鑑定の費用は焼き肉代にでもすればいいのだ。

そのほうが、春太も晶穂も幸せになれる。

秋葉も最愛の娘を兄である春太に託し、安心して眠れるだろう。

それは、疑いようのない真実だった――

第8話　妹は卒業したい

晶穂の引っ越しも無事に終わり――

その三日後に、春太と晶穂は引っ越しを手伝ってくれた松風と涼風、それに雪季も連れて焼き肉を食べに行ってきた。

しかも、中高生だけで行くにしては分不相応なほどの高級店。

春太と松風、それに大食いな晶穂が高級肉を躊躇なく食べまくったおかげで、ＤＮＡ鑑定の費用は綺麗に吹っ飛んでしまった。

晶穂は、費用の出所を疑っていたようだが、特に追及はしてこなかった。

もしもいつか晶穂が秋葉の過去を知り、ＤＮＡ鑑定をしたくなったら春太があらためて費用を工面すればいい。

兄として、それくらいの甲斐性はあるべきだろう。

その豪華すぎる焼き肉から、さらに数日後――

「はぁ……なんだか寒くなってきたような気がします」

「そんなことはないだろ、車内なんだから」

春太は、隣に座っている雪季に苦笑いを向ける。

今、春太と雪季は電車に揺られているところだ。

確かに北に向かっているが、車内はもちろん暖房が充分に効いている。

春太が窓際に座っているのは、車窓の景色を見るためでなく、雪季が「窓際のほうが寒そうです……」と言い出したからだ。

目的地は、春太と雪季の母が住む町だ。

言うまでもなく、霜月透子の実家の旅館〝そうげつ〟もその町にある。

「二度目の卒業旅行の行き先が、あの町になるとは思いませんでした」

「まったくだ」

雪季は苦笑いしていて、春太も同じく苦笑する。

ほんの数日前、雪季は氷川と素子とともに卒業旅行に出かけて、泊まりがけで遊園地で遊んできた。

それから間をあけずに、こうしてまた電車に長時間揺られて旅に出ている。

「でも、俺も卒業式くらいは出ておいたほうがいいと思う。中学の卒業式は人生で一回しかないんだしな」

「そう……ですね」

雪季は今も、形式上は母の町の中学に在籍している。

かつて通い、今も氷川や素子がいる中学の卒業式に出席するわけにはいかない。

雪季はかなうなら、そちらの卒業式に出たかっただろうが……さすがにそれは無理だった。

一方で、母の町の中学からは「卒業式に出席するように」という連絡がきた。

今でも雪季はれっきとした在校生なのだから、その連絡は当然だろう。

雪季はだいぶ迷ったようだが――

その中学の生徒である霜月透子に相談し、出席を決めた。

町までは三時間ほどの旅で、春太も当然のように付き添っている。

中学生とはいえ、女子の一人旅はさせられないので春太が甘いということもないだろう。

卒業旅行というのはこの場合、〝卒業式に出るための旅行〟というわけだ。

ちなみに晶穂もついてきたがったが、CDデビューの準備が忙しくなったので断念している。

「あ、雪季。前の中学の制服、持ってきてるだろうな？」

「はい、ちゃんと持ってます。捨ててませんよ」

雪季はいつも泊まりがけのときは荷物が多い。

今回はひときわカバンも大きく、体格とパワーに恵まれた春太でも少し重いくらいだったが、
制服もちゃんと入れてあるようだ。

「あのセーラー、おまえガチで嫌がってたもんなあ」

「うっ……あ、あの頃は私も未熟で……」

「未熟って」

黒いセーラータイプの制服で、スカートもミニスカート大好きな雪季にとってはあまりにも長すぎるシロモノだった。

ダサいダサいと、当時は遠く離れていた兄に不満だらけのＬＩＮＥを送っていたものだ。

「セーラーの制服か。雪季があれを着てた頃から、まだ一年も経ってないのに懐かしい気がするな」

「そうですね……私があちらにいたのは春の終わり頃から秋までですからね。まだ半年経ってないくらいですか」

「そうか。一年どころか、半年も経ってないのか」

雪季が桜羽家に戻ってきてからも、あまりにもいろいろなことが起きすぎた。

これだけ濃密な時間は、春太の人生の後にも先にもないかもしれない。

「私も成長しました。頑張って、卒業式に出ます。あちらの中学のみなさんとも仲良く——な、仲良くできるでしょうか？」

「いきなり不安になるなよ」

春太は、ぽんと雪季の頭に手を置く。

妹を甘やかすときにいつもやっていた仕草で、今はもうやるべきではないかもしれない。

だがクセになっているので、簡単にはやめられそうにない。

そもそも、雪季のほうも気にしていないようだ。

「透子もいるしな。あいつが上手くサポートしてくれるだろ。卒業式の練習はできてないし、こういうときは甘えてもいいんじゃないか」

「透子ちゃんも同じようなこと言ってました。私に任せてくださいって」

雪季にとって透子は中学の同級生で、従姉妹同士で、この春からは同じ女子高の生徒だ。

多少は甘えても許される相手だろう。

「この髪も、透子ちゃんが許可を取ってくれたんですしね」

「頼りになるなあ、あいつ」

雪季が通っていた中学は〝染髪禁止〟だが、今の雪季は茶に染めている。

先日受験が終わって黒から茶に染め直したばかりで、また黒に染めると髪が傷んでしまう。

それを知っていた透子が教師に交渉して、茶髪を許可してもらったのだ。

「その代わり、春からの生活では透子ちゃんが私を頼ることも多そうって言ってました」

「さすが透子だなあ……」

「え？」

「いや」

春太はまた苦笑して、首を横に振る。

透子は卒業式でサポートすることを、雪季に借りだと思わせないようにそんなことを言ったに違いない。

頭が良く、優しく、旅館の娘として育った透子は自然な気遣いができる。

あれで一時はイジメっ子をやっていたというのが信じられないくらいだが。

とにかく、春太はこの卒業旅行の付き添いにはなんの不安もなかった。

不安のない時間——こんなにかけがえのないものはないだろう。


春太がこの町の中学に足を踏み入れるのは初めてのことだ。

三階建ての校舎は木造で、ずいぶんと年季が入った建物だった。

春太が住む街は大都会ではなくとも田舎ではないので、古い木造校舎は新鮮に感じる。

つい、校舎の写真を数枚撮ってしまったりもしつつ。

卒業式が行われる体育館のほうも古びてはいるが、中に入ってみると他の中学と大差はなかった。

ストーブがいくつか置かれてはいるものの、寒い町の広い体育館はずいぶんと冷え込む。

寒がりの春太には厳しい環境だが、若干緊張しているせいか、そこまで気にならない。

「卒業証書、授与！」

卒業式は、開会の挨拶、国歌と校歌の斉唱に続いて卒業証書の授与が始まった。

春太が見たところ、生徒数はかなり少ない。

自分が卒業した中学の半分ほどではないかと思うくらいだった。

「春太、前に出て撮ってもいいみたいですよ」

「あ、俺もいいのかな……？」

隣に座っているのは、雪季の実母で春太の育ての母である冬野白音だ。

仕事の鬼である母も、さすがに愛娘の卒業式となれば休暇を取っている。

「お父さんの代わりですから、いいでしょう。ああ、雪季のクラスが呼ばれ始めましたよ」

「じゃあ、行ってくる」

小声で母と話してから、春太はスマホを手に保護者が並んでいる列から抜け出た。

数人の保護者たちが同じように列から出て、スマホやカメラを子供たちに向けている。

教師たちも注意していないので、黙認されているらしい。

実は春太は、氷川と素子、それに晶穂から「卒業式の様子を撮影してくるように」と厳命されている。

しっかり撮っておかないと、彼女たちになにを言われるかわかったものではない。

春太は一応は正装――悠凜館高校の制服を着てきている。

親ならともかく、制服姿の男子高校生が中学の卒業式を熱心に撮影しているのは若干の怪しさがあるが――

保護者代わりなんだから、と春太は開き直って撮ることにした。

「…………」

列に並んでいる雪季の横顔にスマホを向けつつ、苦笑する。

雪季はかなり緊張しているようで、ただ立っているだけでもガチガチになっているのがわかってしまう。

数ヶ月通ったものの馴染めないまま去ってしまった学校――

卒業式だけ参加するのは、雪季でなくても緊張するだろう。

「霜月透子！」

「はい！」

そのとき、凛とした声を響かせ、返事をしたのは透子だった。

今日も長い黒髪をポニーテールにして、その髪を揺らしながら壇上へ向かう。

生徒数が少ないこともあって、この中学では全員を一人ずつ呼んで卒業証書を手渡している。

春太の中学は生徒数が多めだったので、クラスの代表一人が受け取るシステムだった。

正直、春太は壇上で仰々しく受け取るなど面倒だったので、そちらのほうが楽で助かった。

春太よりはるかに真面目な透子は、きっちり背筋を伸ばして階段を上がって校長の前に立ち、

一分の隙もない動作で証書を受け取った。

もちろん、春太はその透子も撮影している。

春太にはもう透子も親戚同然なので、撮影するのも当たり前のことだ。

「…………」

壇上から下りてきた透子が、春太に気づいて——

にこっと微笑を浮かべてくれた。

初めて透子と古びた倉庫で出会ったときには、彼女にこんな微笑みを向けてもらうなど想像もできなかった。

それから、数人が卒業証書を受け取り——

「冬野雪季！」

「はいっ！」

若干、声が上ずったもののきちんと返事もできた。

返事ができて偉い。

まさか、中三女子を相手にそんなことで褒められないが、春太はなんでも褒めてやりたい気分だった。

「お……」

春太は、小さくつぶやいてしまう。

雪季はきちんと背筋を伸ばし、壇上へ向かっている。

運動はできないのに、走りや水泳のフォームだけは完璧だったりする。

これなら、モデルもやっていけるかもしれない。

「って、透子のマネをしてんのか、あいつ」

校長の前で頭を下げた角度、卒業証書の受け取り方といい、透子の完コピだった。

桜羽だったら透子より雪季のほうが先だったので、苗字が冬野に変わってよかった……などと思っていそうだ。

雪季は無事に卒業証書を受け取って、階段を下りてくる。

春太は抜かりなく撮影しながら――

「………」

とうとう、あの雪季も中学卒業か……。

春太は思わず、感慨深くなってしまう。

同じ部屋で暮らし、公園で一緒に遊び、毎日のようにゲームをして、買い物に行き、料理をつくってもらってきた。

物心ついた頃からの雪季との思い出が、次々と頭の中を流れていく。

いろいろあったが、春太にとっては人生の大半を〝妹〟として見てきたのだ。

どうやっても、まだ〝妹〟という意識が抜けきるものではない。

おそらく、雪季のほうも口ではどう言っても、少なからずまだ春太を〝兄〟として見ているのではないか。

その〝妹〟の卒業式――

ヤバい、と春太はとっさに目元を押さえた。

雪季と透子の受験合格、『Ｌｏｓｔ Ｓｐｒｉｎｇ』のライブ演奏、雪季と冬舞の出会いとハグ——春太は泣いたり、必死に涙をこらえたりしてきた。

最近なぜか涙もろくなってしまった春太が、雪季の立派な姿を見て、泣かずにいられるはずもなく。

「お兄ちゃん」

階段を下りきった雪季が、春太のほうを見て——

唇をパクパクと動かし、そう言ったようだった。

春太は黙ってこくりと頷いて。

雪季の目にも、わずかに涙が浮かんでいるのを見た。

卒業式に出席してくれてよかった——春太は心からそう思い、きっと雪季も同じように思っているだろうと確信していた。


「ふーん、ＴＶとかでは見たことあったが、実際に見ると味があるなあ」

「そういうものでしょうか？」

春太は木造校舎の廊下を歩きながら、あちこちにスマホを向けている。

隣にいるのは透子だ。

卒業式を終えた透子に、木造校舎が珍しいと話したら、彼女が中に入らせてくれたのだ。ギシギシと軋む廊下や、古びた教室はなかなかに新鮮で面白い。

撮影させてもらえるのは、ありがたいことだった。

透子によると、呑気な学校なので、教師も保護者が撮影するくらいで文句は言わないらしい。

「この校舎、晶穂のMVの撮影にいいかもな……晶穂の持ち歌に、ノスタルジックな青春ソングもあるからなあ」

「お兄さん、すっかりUCuberみたいになってますね」

「俺は基本的に裏方なんだけどな。晶穂は今が伸びる時期だから、できることをやっておかないと」

「……晶穂先輩が羨ましい」

「ん？　晶穂がどうかしたか？」

「いえ、なんでもありません」

透子は笑って首を横に振った。

「ああ、いつまでも撮ってたらまずいか。透子も友達のとこに戻りたいだろ？」

「大丈夫ですよ。そもそも、ウチは生徒全員が幼なじみみたいなものですから。卒業式だからって、そんなあらたまって話すこともないんですよね」

「あー、そういうもんなのか」

この中学は人数も少ないし、狭い地域から生徒たちが集まってきている。

ほとんどが、小学校の頃からの顔見知りばかりだそうだ。

「でも、やっぱ卒業式となると特別――あれ、雪季か？」

春太は廊下の窓から外を見下ろし、校庭に生徒がたくさん集まってワイワイ話していることに気づいた。

いくつもグループができているが、そのうちの一つ――二〇人ほど集まっているグループの中心に雪季がいた。

「ウチのクラスの子たちですね。雪季さんを気にしてた子たちが集まってるみたいです」

「へぇ……」

雪季はコミュ障を発揮しているようで、ちょっと困ったような笑みを浮かべているが――本気で困っているわけではなさそうなので、春太は見守ることにする。

「実は雪季さん、人気があったみたいなんですよね。この学校に来なくなってからわかったんですけど。当然ですよね、都会から来た女子であんなに可愛いんですから」

「まあ、良くも悪くも人目を引くタイプではあるな、昔から」

幼い頃、公園で悪ガキたちに絡まれたのも、雪季が可愛かったからだ。

「雪季さん、この学校に普通に通うこともできたはずなんですよね。私のせい――」

「はい、そこまで。透子、もうその話はしなくていいって」

春太はスマホを持っていた手を振って、透子を制する。

「雪季のほうも学校にもこの町にも馴染む努力をしなかったんだ。透子だけが悪いわけじゃない。もう本当に、この件は言わないでいいし、気にする必要もない」

「……ありがとうございます、お兄さん」

「晴れの門出の日なんだ、そういう後悔とかは全部ここに置いていけ。特に透子は、これからまったく新しい生活が待ってるんだしな」

春太は窓にもたれ、周りに囲まれて笑っている雪季を見つめる。

「ちょっと怖くはあるんですよね」

「え？」

「私はご覧のとおりの狭い世界でずっと生きてきたので。ミナジョで、雪風荘で、あの大きな街で三年もやっていけるのかなって……」

「やっていけるだろ、余裕で」

春太はすぐにそう答えて、透子に微笑みかける。

この優秀な透子でもそんなことを不安に思うのかと意外だったが——彼女もまだ中学三年生、不安はあるに決まっている。

だったらその不安を解消してやるのは、〝お兄さん〟の役目だ。

「普通は田舎から都会に出るのは大学進学のときが多いだろうし、そこまで成長すれば新しい環境にも馴染みやすいかもしれない。けど、透子なら今すぐでも大丈夫だ。ミナジョにも雪風荘にも雪季とつららさんがいるんだし、なにより透子はしっかりしてるからな。短い間だが、一緒に暮らしたんだ、俺にもそれくらいわかる」

「……お兄さんが近くにいるから、かもしれません」

「ああ、俺の家だって雪風荘からそこまで遠いわけじゃない。会おうと思えばいつでも会える。だから、なにも不安になることはない。不安になったら、俺はいつでも透子に会いに行くよ」

春太は、透子にならそのくらいのことはしてやるつもりだ。

透子が今日ここに置いていく思い出の中では、彼女にキツく当たってしまったが――

今はもう、春太は透子のことを氷川や素子と同じくらい気に入っている。

「それに、三年って言ったけど大学も行っていいんだろ。だったら最短でも七年ある。俺らの近くに七年も透子がいてくれるんだ。俺も嬉しいよ」

「お兄さん、甘やかしてきますね……私は妹じゃないんですよ？」

「妹じゃなくても、つい甘やかしてしまうらしい。けど、誰でもってわけじゃないぞ」

「私、お兄さんにとって特別ですか……？」

「ああ」

春太は迷わずに頷いた。

電車で三時間もかかる町に来た理由には、透子の卒業式を見たいというのも含まれている。

「じゃあ、今だけ……少しだけ」

「え？　おい、透子……！」

透子はすすっと春太のそばまで近づくと――

一瞬だけ背伸びして、ちゅっと唇を重ねてきた。

すぐにその唇が離れて。

透子は、顔を真っ赤にしてうつむいた。

「この思い出も、ここに置いていきますから……」

「……持っていきたいなら、かまわない。俺も覚えておくよ」

「もう……お兄さん、卒業式だからって甘やかしすぎです。でも……嬉しい」

春太と透子は見つめ合い、同時に笑ってしまう。

透子とは、温泉や温水プールでいろんなことをしてしまったが、キスは初めてのことだった。

付き合っているわけでもないので、当たり前なのだが――

「あっ。こ、校庭から見られなかったでしょうか？」

「今さら焦るなよ。まあ、誰もこっちなんか見てないだろ」

校庭を見ても、特に騒ぎになっている様子はない。

この美人の霜月透子がキスした現場を見られていたら、すぐに大騒ぎになっているだろう。

「でも……そうですね」

「うん？」

「私、ずっとこの町にいようかとも思ってたんです。高校から都会に行けるっていっても強制じゃありませんから。このままこの町で大学まで進学したって家族も文句は言いません」

「まあ……家族としては、透子がここにいてくれるほうが嬉しいだろうな」

「ええ、だけどお兄さんと雪季さんと、晶穂先輩や冷泉さん氷川さんたちがいるから……迷わず、町を出られます」

「ああ」

春太が頷くと、透子はにこっと笑った。

「七年あれば、お兄さんのことも……チャンスはありますしね」

「おいっ」

春太が苦笑すると、透子は今度はいたずらっぽく笑って小さく舌を出した。

こんな子供っぽいところもあったらしい。

「お兄さん、今はこれですけど……」

「な、なにしてるんだ？」

透子が制服のスカートをすすっと持ち上げ、白い太ももをあらわにしている。

雪季が嫌がっていたのと同じ、膝丈で長めのスカートだ。

「次にお会いするときは、私もミニスカートの女子高生になってますから。楽しみにしてください」

「……透子ならミニスカも似合うだろうな」

雪季の引っ越しもあるし、なにより透子の引っ越しも手伝うだろうから、次に会うときは作業着の透子になりそうだが。

ただ、高校の制服を楽しみにしている透子に水を差すこともないだろう。

「ありがとうございます。あと、もう一つだけ……」

「卒業の祝いだ、全部聞こうじゃないか」

春太は窓から離れて、透子のそばに立つ。

「私、これでも物心ついた頃から旅館の娘で、周りにはいつもたくさん人がいたんです」

「ん？　ああ、そりゃそうだろうな」

「だから完全アウェイの雪風荘でも、上手くやっていけると思うんですよね」

「そうだな、透子がいれば雪季もなんとか馴染めるだろ」

「お兄さん、そういうことじゃないんです」

「は？」

透子がなにを言いたいのか、春太にはいまいちよくわからない。

迷いなく町から旅立てて、新生活も上手くこなせるという話というだけではなさそうだ。

ご卒業おめでとう

「だから、もし私が雪風荘に一人で入ることになっても――」

「一人で――？」

「透子ちゃん、お兄ちゃん、こんなところに！」

そのとき、廊下の向こうから雪季がぱたぱたと走ってきた。

「あ、すみません。お話の邪魔だったでしょうか……？」

「いえ、大丈夫ですよ、雪季さん。どうしたんですか？」

透子は気にした様子もなく、首を横に振った。

どうやら、春太との話は終わってしまったらしい。

最後に言いかけていた話は気になるが、透子はあれ以上語るつもりはないようだ。

「あっ、そうです！　もー、透子ちゃんを捜してる人、いっぱいいましたよ。私が捜索を引き受けたんです」

「す、すみません、雪季さん」

「んー……」

透子がぺこりと頭を下げると、雪季がアゴに指を当ててなにやら考え込み始めた。

それから、透子のすぐ前まで歩いて行く。

「あの、透子ちゃん？」

「はい？」

「もう、雪季〝さん〟じゃなくて。呼び捨てか、せめてちゃん付けとかでどうでしょう」

「あっ……」

透子は雪季の提案に、驚いた顔をする。

雪季は、従姉妹との少し遠慮がある関係も卒業したくなったようだ。

透子のほうは驚いた顔のまま頷き——照れくさいのか、頬を赤く染めて。

「そ、それでは……ふ、雪季ちゃん」

「はい、透子ちゃん。敬語ももういらないですよ。私のはクセだから使いますけど」

「そ、それじゃあ……雪季ちゃん、みんなのところに行こうか」

「はい、行きましょう」

雪季と透子、実はよく似ている従姉妹同士の二人が笑顔で頷き合う。

今の二人は親戚で親友——雪季がこの町にきてよかったと、春太はあらためて感じた。


春太は雪季と透子に先に校庭に戻ってもらい、少しだけ校舎で撮影を続けてから。

校庭に出ると、雪季と透子はまだ他の生徒たちと話し込んでいた。

なんだ、「あらたまって話すこと」もけっこうあるんじゃないか——と春太は苦笑いする。

「春太、遅かったですね」

「ああ、木造校舎なんて珍しかったもんだから」

近づいてきたのは、母だった。

「せっかくだし、あとで雪季とクラスメイトの写真も撮らせてもらうか」

「春太、今日の写真、私にも送ってくださいね」

「データ送って、プリントしたものも宅配便で送るよ。ああ、母さんも雪季の引っ越しには立ち合うのか？」

「そのつもりでしたが、ちょっと仕事が立て込んでいまして。引っ越し当日は無理そうですが、今月中にはまたそちらに行きますよ」

「そうか、じゃあプリントした写真はそのときでいいか。しっかり調整した写真を用意しとくから」

春太はこの数ヶ月の晶穂のU Cubeチャンネル手伝いのおかげか、構図や色味などにもこだわるようになっている。

「春太、映像関係のお仕事を目指すんですか？」

「え？　いや、別に……」

春太は進路のことなど、まだ考えたこともない。

高校一年生なのだから、普通のことだろう。

「よくPCで動画編集なんかをやってるってお父さんから聞いたので」

「そんな話をしてるのか、父さん。いやまあ、まだ趣味みたいなもんだから」

「リビングのＰＣはもう古いでしょう。編集を勉強するなら、援助しますから新しいＰＣを買いなさい。進級祝いということでプレゼントしましょうか？」

「いやいや、ＰＣって高いんだぞ。編集に使うようなスペックなら余計高いから」

「私も仕事でＰＣは使ってますから、たぶん春太より詳しいですよ。おばさんだからって甘く見ないでほしいですね」

「……ゲームにも使っていいか？」

「私は息子を信じてますよ」

母は、自分が育てた息子がゲームに溺れることはないと確信しているようだ。

その信頼は裏切れない。

「ええ、そうです。私にとって、春太は息子なんですよ」

「なんだよ、今さら」

そうだ、春太も実の母である翠璃のことを多少は知ったが、あくまで母親はここにいる冬野白音だ。

実母に申し訳ない気はするが、そこは譲れない。

「だから、私は認めます、春太」

「母さん……？」

母は春太を見て一つ頷いてから——雪季に目を向けた。

弾けるような笑顔の雪季が、そこにいる。

「考えてみれば、雪季を任せる相手として、あなた以上の適役が存在するとは思えません」

「母さん、それって……」

「あなたは私の息子ですから。誰がなんと言おうと、遺伝子がどうであろうと。私もお父さんも、あなたたちが仲が良すぎて、あなたたちが実の兄妹じゃないから、二人の関係をずっと心配していました。ですが、本当は逆なんですよね」

「逆って……」

「血が繋がっていないから、本当はどんなに仲が良くてもかまわなかったんです。あなたたちを引き裂こうとしたのは、私とお父さんが世間体を気にしたからです。大人の都合ですね」

「…………」

春太にも、母と父がなにを警戒していたかは充分わかっている。

仮にも兄妹として周りに認識されていた春太と雪季が、恋人として付き合っては変な目で見られるからだ。

実の兄妹でないと判明した日の夜に、雪季と確認しあったことでもある。

「雪季は今までずっと、今でもあなたのことが好きなんでしょう。その気持ちを止める理由は私にはありません」

「……まだ父さんは、なにも言ってないんだよな」

「お父さんはあまり多くを語らない人ですから。ただ、ここからはお母さんの独り言として聞いてほしいんですけど」

「うん？」

「お父さん、あれでなかなかの武勇伝をお持ちの人なので。春太のことをどうこう言えないんじゃないでしょうか」

「……なるほど」

父は少なくとも、晶穂の存在のことで身に覚えはあったらしい。

子供たちの前では常に真面目で冷静な男だが、子供に教えられない一面があったのは間違いない。

「ああ、私との離婚の原因はお父さんの浮気じゃないですよ？　もちろん、お母さんも浮気なんかしてませんし」

「……独り言なんだろ。なにもツッコミ入れてないよ」

父と母の離婚の原因が気にならないと言ったら嘘になる。

離婚の話を切り出された日に、「すれ違いが多い」とか多少の理由は聞かされたが、春太もそれだけが離婚の原因ではないとわかっている。

だが、今さら追及しようとも思わない。

春太にも、父と母には絶対に話せないことがいくらでもある。

それと同じく、親でも子供に語れない、彼らだけのドラマがあるのだろう。

「春太も雪季も、まだ子供です。ですが、もうお母さんやお父さんのもとを離れていく準備を始める時期です。春太、あなたも親から離れた自分の社会を築きつつあるんでしょう？」

「社会……」

そんなたいそうなものが、自分にあるのか。

ただ、高校生活ももうすぐ二年目で、アルバイトをしてお金を稼ぎ、晶穂とＵＣｕｂｅ活動をして音楽も始めて、カノジョだっていた。

楽しい同級生たち、可愛い後輩たち、バイト先の先輩とキラの事務所の人たち。

確かに、親とは関係ないところで春太の交友関係ができあがっている。

「もう一度言いましょう。お母さんは息子を信じてます。だから、雪季とどんな関係を望むのか——あなたの気持ちのままに決めていいんです、春太」

「………」

春太は、黙って頷く。

母からの信頼は重いし裏切れない——そして、自分の気持ちを裏切らなくてもいい。

「お兄ちゃーん、ママーっ、みんなで写真撮りましょう！」

「雪季が呼んでいます。行きましょう、春太」

「ああ」

春太はもう一度頷き、ぶんぶんと手を振っている雪季を見る。

雪季には、もとから氷川流琉と冷泉素子という親友がいる。

従姉妹の霜月透子に、妹の寒風沢冬舞。

これから住む雪風荘の先輩、冬野つらら。

高校生活が始まれば、雪季の人間関係はさらに広がっていき、彼女なりの社会を築いていくのだろう。

たとえ春太が兄のままでも雪季の成長を止めることはできない、止めてはいけない。

雪季は妹であることをやめるために、春太から距離を取ろうとしている。

距離を取った先には、雪季が築いた新しい社会があるのだ。

春太は、もう受け入れるしかなかった。

雪季のことが好きなら、彼女は妹のままではいけない。

自分の気持ちに素直になるために、雪季を好きでいるために。

雪季を新しい世界に旅立たせなければいけない――

第9話　妹は……

雪季が無事に中学の卒業式を終え、春太と二人で桜羽家に戻り――

さらにそれから数日、年度の終わりと新年度の始まりも目前に迫ってきた。

「いよいよ明日なんですねえ……」

「明日引っ越しとは思えないくつろぎっぷりだけどね、雪季ちゃん」

春太の部屋には、二人の女子が集まっている。

もちろん、雪季と晶穂の二人だ。

既に夕食を終え、風呂も済ませている。

雪季はいつものモコモコしたピンクのパジャマ姿、晶穂は紺のパーカー姿で、下は二人揃って太ももも剝き出しのショートパンツだ。

「あ、やられた！　雪季ちゃん、ズルい！　話しかけた隙をついて吹っ飛ばすなんて！」

「そ、そんな盤外戦術はやってませんよ。しなくても晶穂さんには勝てますし」

「めっちゃ煽られてる、あたし！」

春太の部屋のモニターに、古き良きゲーム機Vii　Vが繋がれている。

立ち上げているゲームは、もちろん初代『ストバス』だ。

雪季の桜羽家での最後の夜ということで、記念すべきゲームで遊んでいるわけだ。

ストバスを見たこともないという晶穂に、雪季が実際に対戦しつつ遊び方を教えているところだ。

春太はベッドに座って、後ろからその二人を眺めている。

「晶穂、そこ！　アイテム取れ！」

「え？　アイテムってなに！　どれ、どれ取るの⁉」

「あ、私がいただきです」

初心者にも容赦しない雪季だった。

実際、雪季はストバスに関してはかなり強いほうで、格闘ゲームも得意な春太でもなかなか勝てないレベルだ。

ストバスどころかゲーム初心者の晶穂では、勝ち目はない。

「くっそー。負けると腹立つし、接待されたらムカつくし！」

「大丈夫です、私はゲームのときは兄だろうと親友だろうと木っ端微塵になるまで攻めます」

「けっこう怖いね、雪季ちゃん……」

晶穂は、割と本気で怯えている。

とはいえ、雪季も多少の手加減はしているようで、本来なら一瞬で晶穂など吹っ飛ばしているだろう。

「あ、でもこのＢＧＭいいね。ノリがよくて、かっこいい」

「わかりますか、晶穂さん！　ですよね、ストバスはＢＧＭがかっこいいんですよ！　実はサントラも持ってますから今すぐ持ってきま――って、雪風荘に送ったんでした！　明日、持ってきます！」

「明日は引っ越しだろ」

一度引っ越しておいて、サントラを届けにまた戻ってこられては拍子抜けしてしまう。

「うっ、そうでした……そうです、このステージのＢＧＭもいいですけど、もっと熱い曲のステージが――すぐ終わらせてそっちに移りましょう」

「わああああっ！　強っ！」

雪季は手加減モードを解除して、晶穂を瞬殺してしまう。

それから善意しかない笑みを浮かべて、ステージ選択画面で新たなステージを選んだ。

「確かに、いい曲だね……熱い」

「ですよね」

雪季はニコニコしながらも、コントローラーを操作する手は止めない。

もちろん、晶穂がボコボコにやられている。

「つーか、熱いＢＧＭで雪季ちゃんがさらに強くなってんじゃん！」

「そ、そうですか？」

「こんなもん勝てない、勝てない。ハル、交代」

「はいはい」

春太はベッドから下りて、晶穂とポジションを交代する。

「ふふふ、お兄ちゃんが相手でも舐めプはしませんからね」

「言っとくが、ストバス始めたのは俺が先だからな。今夜は勝ち越させてもらうぞ」

春太はコントローラーを握って、ギラリと鋭い目でモニターを睨む。

彼は本気だった。

「あ、くそっ、いきなりそんな小技で攻めてくんのか！」

「確実に削っていくのが賢いやり方ですよ」

雪季はゲームで遊ぶときはＩＱが上がるようだ。

「でも、雪季。桜羽家での最後の夜なのに、ゲームで遊んでていいのか？」

「これが一番私たちらしいじゃないですか。晶穂さんも一緒に遊んでくれますし、文句ないですよ」

雪季は雑談をしつつも、ゲーム操作はまったくミスらない。

こうやって幼い頃から、話しながらゲームをしてきたのでマルチタスクでも混乱することはないのだ。

「あたしは、カモられてるだけじゃない？　今度、もっと練習してリベンジしに行くから」

「いつでも大歓迎です。雪風荘は女子なら出入り自由ですからね。つららちゃん先輩も、晶穂さんには来てほしいみたいでした」

「人気者はつらいね」

晶穂はチャンネル登録数もまだまだ伸びているので、人気者なのは本当だ。

「学校でも、ヨソのクラスの連中も晶穂の顔を見るためにウチの教室まで来てたからな」

「あたし、天狗になっちゃいそうだね。CDデビューしたらどうなっちゃうんだろ？」

「あ、それで思い出しました、晶穂さん」

雪季はゲーム操作をしつつ、晶穂に笑顔を向ける。

「CD発売したら買うので、サインしてくださいね」

「買わなくていいよ。雪季ちゃんには何枚でもプレゼントするから」

俺には？　と訊きそうになる春太だった。

「売り上げがあんま悪いと、ネイビーリーフが自腹切って大量購入してくれるだろうしね」

「な、なんて自虐的な。そんなマネしねぇだろ、青葉さんも」

「U Cubeでちょっとバズった程度の新人のCDがいきなり売れるわけないよ」

「あのなあ……あっ、やられた！」

「FOOO！　私の勝ちでーす！」

ゲームのときは、若干キャラの変わる雪季だった。

に考える。

「ちょっと待て、キャラ変えるから。どれでいくか……」

「はい、ゆっくり選んでいいですよ、お兄ちゃん」

春太はキャラクター選択画面を睨み、雪季が使っているキャラとの相性も考慮しつつ、真剣

「ハルも大人げないなあ。こいつ、割とすぐに意地になるっていうか」

「本気になってくれるから、楽しいんですよ」

「ふーん、ゲームはそんなガチでやるもんでもないと思ってたけど。そういや、雪季ちゃん。このゲーム機は持っていかないの？」

「元々、お兄ちゃんのですから。お兄ちゃんと一緒に遊べないなら、雪風荘に持っていっても仕方ないですね」

「俺も、もうストバス以外じゃVii Vはさすがに動かさないんだよな」

「ふーん……あ、マネさんによるとVii Vって中古でもけっこういい値段がつくって」

「さっそく美波さんに問い合わせんな」

春太はまだ真剣にキャラを選びつつ、ツッコむ。

「雪風荘の部屋、あまり広くないからな。少しでも荷物は減らしたほうがいいだろ」

「そうなんですよね……今後、大型のゲーム機が発売されないことを祈ります」

発売されたら買わないという選択肢は、雪季にはないらしい。春太にもないが。

「そういえば、晶穂さんは本当に荷物少ないですよね。私の部屋、私のものがなくなったら、もの凄くがらんとしちゃいました」

雪季の引っ越しは明日——

といっても、荷物の大半は既に引っ越し業者によって雪風荘に運ばれている。

雪季は明日は、リュック一つで雪風荘に行く。

「アパートに残してきた荷物もあるし、レンタル倉庫にぶち込んだのもあるけど、少ないね。あたしの人生は、ギターとパーカーがあればいいのさ」

「ミニマリストにもほどがあるな」

秋葉の位牌と遺骨は、父が自分の部屋に置くと主張したため、そのとおりにしている。

晶穂の希望どおり、山吹医師に翠璃の写真をもらい、秋葉の遺影と並べて飾った。

秋葉の遺影は彼女自身が最後に自撮りした写真だったが、翠璃の写真も彼女が最後に入院する前に自宅で撮ったものらしい。

長い髪を三つ編みにして、上品なセーターとロングスカートという服装で、お気に入りだったらしいグランドピアノの前に座っている写真だった。

春太は、自分が生まれた頃の母の写真しか見たことがなかった。

五年前、亡くなる直前の母の姿は新鮮で——前に見た写真から十一年も経っている割には若々しく、痩せているようにも見えなかったため、ほっとしたものだ。

実母、翠璃の写真は春太の机にも置いている。

写真は今も春太たちのすぐそばにあり、ゲームに興じている息子を微笑ましく見ているか呆れているか、気になるところだった。

「晶穂さん、本当に遠慮せずに荷物を置いていいですよ？　私が使ってた部屋、そんなに広くはないですけど……」

「別にあたしはなんもいらないよ。音楽があればいいから」

「おまえ、そんな刹那的な……」

「言っとくけど、ヤケになってるわけじゃないから。前より念入りに検査してもらってるし。この前、山吹先生に言われたけど、今はこれといって大きな異常はないらしいよ」

「そ、そうなのか」

晶穂が以前より通院を増やしていることは、もちろん春太も知っているが……。

「もちろん、なにかが起きる可能性は他の人より高いし、注意はしなくちゃダメ。でも、お母さんより症状はずっと軽いんじゃないかって。この前倒れたのは、お母さんのことで心労が重なったせいもあるみたい」

「よかったです、晶穂さん……！」

雪季はコントローラーを床に置くと。

後ろでベッドに座っていた晶穂に、がばっと抱きついた。

「わっ、雪季ちゃん。そんな感激するほどのことでもないって」

「感激するほどのことですよ。ずっと元気でいてくれないと……その、イヤです。すみません、語彙力がなくて……」

雪季は晶穂に抱きついたまま、真剣な顔で言った。

晶穂が雪季を妹のように思っているように、雪季もおそらく――

「いいよ、ハルは素直じゃないからストレートに感激してくれないもんね。雪季ちゃんみたいに素直に言ってくれるの、マジ嬉しい」

「は、はい」

雪季は照れくさいのか、真っ赤になっている。

それから、はっとなって晶穂から離れると。

「の、飲み物ないですね。あったかいお茶、淹れてきます。お兄ちゃん、その間にキャラ決めておいてくださいね」

「ああ、じゃあ頼む」

雪季はこくりと頷くと、全員のカップを回収して部屋を出て行った。

「今日の雪季ちゃん、いつもより明るいくらいだね。明日引っ越すとは思えない。というか、あたし、ここにいていいの？」

「いいに決まってるだろ。遠慮なんかするな。晶穂らしくもない」

「あたしだって空気くらい読むのに。でも、そっか。二人きりだと逆に気まずい？」

「空気を読め」

晶穂にズバリと言い当てられている。

春太は、長年一緒に暮らしてきた妹が、妹でなくなって明日にはこの家からいなくなるという現実をまだ受け入れられていない。

もしかすると、雪季のほうも同じかもしれない。

二人きりでいると、おそらく気まずくて話もできないだろう。

正直、晶穂の存在がありがたかった。

「ゲームでもやってないと、間が持たないのは確かだな……」

「そういえば、ハルって……結局、雪季ちゃんの引っ越しって認めてないんじゃないの？」

「……そんなことはない。わかった、とは言っただろ」

「言ったっけ……って、三人で一緒に寝たときのこと？」

雪季が桜羽家を出て、雪風荘に引っ越すとあらためて宣言して。

春太は、それを認めたつもり——だった。

「あたしは、そうは思わなかったな。少なくとも、気持ちよく送り出すって感じじゃなかったでしょ」

「…………」

春太は、雪季の引っ越しに反対はしていないし、荷物の運び出しも手伝った――というより、力仕事は春太が一人でやったようなものだ。

松風が部活で手伝えなかったのもあるが、雪季の荷物は春太が運んでやりたかった。

ただ、そこまでやっているのに、確かにはっきりと雪季の引っ越しを認めてはいない。

今まで気づかなかった――いや、気づかないフリをしていたのかもしれない。

「別に……俺がなにか言っても引っ越しはもう終わってるんだからな」

「そうだけどさ。やっぱハルは意地っ張りだなあと思って」

「我ながらガキだなと思ってる。雪季を気持ちよく見送らなきゃいけないって、とっくに気づいてんのにな」

「まあ、それでいいんじゃない？」

晶穂は、後ろからぽんと春太の両肩に手を置いた。

「雪季ちゃんも、ハルに爽やかに見送られたら、それはそれで嫌だと思うよ。未練があるくらいの態度のほうが、雪季ちゃんも実は嬉しいんじゃない？」

「……いろいろ複雑だな」

春太の煮え切らない態度が正解だとは、思いもしなかった。

ただ、雪季の性格を考えれば、充分にありえることではあった。

自称姉の晶穂のほうが、雪季のことを理解しているのかもしれない。

「ゲームをやって最後の夜を過ごすのが、俺と雪季らしい……けど、本当にこれでいいのか」

「最後の最後まで悩みが絶えないね、ハル」

「まったく……よし、キャラは決めた。こいつで雪季を叩きのめす」

春太は十字キーを操作して、目当てのキャラにカーソルを合わせた。

初代ストバスを始めて、最初に愛用していたキャラだ。

一番使い込んだキャラこそ、雪季と戦うのにふさわしい。

「あ……………」

「ん？」

ドアが開いて、雪季が入ってきた。

トレイに湯気を立てるカップを三つ載せている。

「ああ、ありがとうな、雪季……って、どうした？」

雪季はドアのところに立ったまま、ぼんやりと春太のほうを見ている。

「お兄ちゃん、雪季ちゃんもゲーム遊びたい……」

「…………っ！」

春太は、コントローラーを取り落としそうになった。

まったく同じ台詞を、夢の中でついこの前聞いたばかりだ。

正確には、もっと甘ったるい声で――

『お兄ちゃあーん、雪季ちゃんもゲームあそびたい』

そう、そんな声だったが、今の雪季はもちろんそこまで甘えたしゃべり方はしない。

「急に思い出しました……私、あのとき本当に嬉しかった……」

「なに……？」

「お兄ちゃん、いっつも外に遊びに行っちゃうから、私も追いかけてお外に行って。でも、お兄ちゃんどこにいるかわからなくて。だから、一人で公園で遊んだりもして」

「…………」

そうだった、雪季は小さい頃はいつも春太の後ろをトコトコとついてくるような妹だった。

だが春太は、一人で行きたいところに行くことも多かったのだ。

「お兄ちゃんがゲームをするようになって、お家にいてくれたから。私、いつでもお兄ちゃんと一緒に遊べたから嬉しかったんです……」

「俺も、雪季と遊ぶのは楽しかったよ」

春太は、コントローラーを床に置いた。

晶穂がベッドから下りて、雪季の手からトレイを受け取って――そのまま部屋を出て行く。

ドアを閉じる前に、一度だけちらりと春太のほうに目を向けた。

「晶穂め……」

気まずくても、やるべきことをやれ――妹は煮え切らない兄にそう言いたいらしい。

春太は、床に座ったまま雪季のほうに向き直った。

「雪季、来い」

「お兄ちゃん……！」

たちまち、雪季の目から涙がぽろぽろとこぼれ出した。

そのまま、床に両膝をついたかと思うと――春太にぎゅっと抱きついてきた。

「お兄ちゃん、お兄ちゃん、お兄ちゃん……！　私、あの頃からずっと、お兄ちゃんと一緒にいるのが嬉しくて楽しくて……！　ずっと離れたくなくて……！」

「ああ、俺も雪季と一緒にいる時間がなにより大事だった、ずっと」

春太は答えて、雪季の背中を抱きしめる。

なぜ雪季が泣き出したのか、春太にもはっきりとした理由はわからない。

ただ――ここで雪季が泣くのは当たり前だ、と感じていた。

妹でなくなり、カノジョになりたいと願い、明日には住み慣れた家を離れて引っ越して、今夜のようにゲームを遊ぶことも簡単にはできなくなる。

強いて理由を挙げればそんなところだろうが――

雪季には言語化できないだろうし、春太も理由をすべて推測することなどできない。

「うっ、ううっ……お兄ちゃん、お兄ちゃん……私、私っ……！」

「もうなにも言わなくていい、雪季。好きなだけ泣いていい」

「甘やかしすぎですよ、最後まで……お兄ちゃんは、私のこと大事にしすぎなんです……！」

雪季は春太の胸に顔を埋めて、泣き続けている。

痙攣しているのではと疑うくらいに、激しく身体を震わせて。

「ごめんなさい、お兄ちゃん。もう明日からはお兄ちゃんの服もお洗濯できないのに、汚しちゃって……！」

「そんなことといいんだ、雪季」

洗濯くらい、春太は自分でできる。

明日は、自分で今着ているこの服を洗濯機に放り込み、ベランダに干して乾かすことになる。

それだけの想像が――春太にはひどく寂しかった。

「お兄ちゃん、お兄ちゃん……！」

「…………」

春太はもうなにも言わず、黙って雪季の身体を抱きしめていた。

最後の夜はゲームを遊んで、泣く雪季を抱きしめて。

ゲームで遊ぶのも、雪季を甘やかすのも、春太がずっと続けてきたことだ。

それも今夜で、もう終わってしまう。

雪季と――妹と過ごした時間は今ここで終わる。
抱きしめているこの手を離したその瞬間に、終わるのだ――

朝から空は明るく、三月の終わりにしてはぽかぽかとあたたかい。

今日の桜羽家の朝は――

珍しく父が出勤を遅らせ、家族四人で揃って朝食をとった。

もちろん、料理は雪季が腕を振るってくれた。

ご飯と味噌汁、焼き魚に野菜の煮物、玉子焼きに漬物。

雪季は朝から手の込んだ料理を見事に仕上げ、父と春太と晶穂の三人は素直にその美味しさを褒めた。

雪季は照れて真っ赤になりつつも、嬉しそうだった。

父は満足して出勤していき、そして午前九時――

「じゃあ行きますね、お兄ちゃん、晶穂さん」

雪季は玄関のドアを開け、外に出た。

今日の雪季は、白いコートにクリーム色のセーター、黒のタイトなミニスカート、タイツという格好で、マフラーは着けていない。

茶色の髪は、いつもより少し凝った編み込みにしている。

じっくり時間をかけて朝食をつくった上に、身支度でも手を抜かなかったようだ。

「ああ、行ってこい」

春太は頷き、雪季に続いて外に出る。

晶穂は黙ったまま、春太の後ろをついてきた。

「でも雪季、本当に雪風荘まで送らなくていいのか？」

「自立の第一歩ですよ。一人で行かないと」

「……そうか」

負うた子に教えられ、とはまさにこのことだった。

雪季は引っ越しの荷物は雪風荘に送っているし、今日の荷物はリュック一つだけだ。

春太が持ってやるほどのこともないだろう。

「この辺りの景色を眺めながら、ゆっくり歩いていきます。あ、ちゃんと車にも気をつけますから」

「もうそんな心配はしてないよ。子供じゃないんだからな、雪季は」

「はい、子供じゃありません、私は」

雪季は笑って、こくりと頷いた。

そのとき――

「わぁっ……！」

薄いピンク色の花びらが、ひらひらと桜羽家の玄関に舞い込んでくる。

春太の目にはそれが一瞬、天使の羽根のように見えて――

「そうでした、もう桜が咲いてるんでしたね。ウチは桜羽なんて名前なのに、桜の木は一本もないですけど」

雪季は、それこそ天使のように、くすくすと笑っている。

すぐ向かいの家には大きな桜の木があり、この時期は桜の花びらが舞い込んでくるのだ。

「桜が舞う中の旅立ちか。出来すぎてるくらいだけど、悪くないね」

「はい、晶穂さん。私、桜は好きなので。嬉しいですね、祝福されてるみたいで」

「今度、このテーマで曲をつくるよ。桜が舞う中を巣立っていく可愛い女の子の曲を」

「楽しみにしてます。カラオケに入ったら歌いますね」

「普通にCD化すると思われてる……？　期待が重い」

「晶穂さんの曲、好きですよ。CDになってカラオケに入って、たくさんの人に聴いてもらいたいですね」

「が、頑張るよ」

マイペースな晶穂も、〝妹みたいな〟相手からの期待には弱いようだ。

「って、話してたらいつまで経っても出発できませんね。じゃあ……」

雪季は明るく笑っていて、昨夜あんなにも泣いたのが嘘のようだ。

今泣いた烏がもう笑う――いや、子供の感情がコロコロ変わるということわざだったか、と春太は思い直す。

もう雪季は子供ではない。

数日後には高校に入学するのだから、子供などと言っては雪季に悪い。

「行ってきます！」

雪季は宣言するように言うと、手を振ってから――

小走りに家の門を出た。

雪季が、もう二度と戻ってこないわけではない。

早ければ一ヶ月後――GWには里帰りしてくるだろう。

引っ越し先の雪風荘は、電車を使えば簡単に行き来できる距離にある。

もっと頻繁に帰ってくるかもしれない。

だが帰ってくるのは、〝この家を出た雪季〟なのだ。

春太とは血が繋がっていなくて、妹ではなくて、住んでいる家も別々。

それではもう、まるっきりの他人だ――

「ハル」

「ん、ああ。ぼーっとしてても仕方ないな。そうだ、洗濯をしないといけないんだった」

「しゃーない。それはあたしがやってあげよう」

「え？　晶穂が？　料理どころか掃除もなにもしないおまえが？　手を大事にしないといけないとか、そんな理由で徹底的に家事を避けてる晶穂が？」

「あたしに言いたいことが相当たまってるみたいだね。洗濯くらいできるっつーの。そんなことよりさ――」

晶穂は、春太の横に並んだ。

今朝の晶穂はいつものようにパーカー姿で、下は太ももあらわなホットパンツ。

いつもどおりで、だが表情は――いつもと違う。

じぃっと春太の目を覗き込み、本気で歌っているときと同じ真剣な表情を浮かべている。

「あたしはさ、ただハルの妹になるんじゃなくて。ちゃんと、雪季ちゃんのお姉ちゃんになりたいんだよね」

「ちゃんとって……おまえだって雪季と血は繋がってないぞ」

まさか、晶穂の父親が春太の父ではなく、雪季の実父――などというオチはないだろう。

「あたしが言うのもなんだけど、血の繋がりってそこまで重要かな？」

「おまえ……」

「あたしはハルの妹になって、そのあたしに可愛い妹もできる。なにこれ、最高？　あたし、UCube(ユーキューブ)でバズって、CDデビューも決まって、お兄ちゃんがいて、妹もできるなんて。

すっげー幸せじゃん」

晶穂は不意にニヤッと笑うと。

突然、バン！　と春太の背中を息が止まるほどの強さで叩いた。

「…………っ！　な、なんだよ、晶穂！」

「行きなよ、ハル。雪季ちゃんのトコへ。あたしの幸せのために」

「すげーことを臆面もなく言うな……」

「あたし、嫌なことも続いたけど、泣きたくなることもたくさんあったけど、ハッピーなことがあってもいいでしょ。幸せはきっと、あたしの心臓の治療にはよく効くよ」

「凄い新説を提唱してきたな……」

だが、細々とツッコミを入れている場合でもない。

「晶穂、おまえにはずっと驚かされてきたな」

「そうだっけ？」

「トボけんな。ここだけの話で、本当のことを言おう。雪季と兄妹じゃないってわかったときより、おまえに『はじめまして、お兄ちゃん』って言われたときのほうが驚いた」

「危うく、あたしより先にハルの心臓が止まるトコだったんだね」

「おい」

ボケが重すぎて、春太といえどもツッコミを入れられない。

「でも、今日の、今の晶穂の話が一番驚いたかもしれない。おまえはいつだって、俺の想像を越えていくよな」

春太の周りに深い亀裂を刻み込んでいったのは、いつも晶穂だったが——

その亀裂を飛び越せるように春太の背中を押すのも、晶穂だけなのかもしれない。

「これからもあたしは、ハルを驚かせていくよ。それが一番楽しいから。だから、これからもずっとね」

これからも、ずっと——

そうだ、晶穂との時間もまだまだずっと続いていく。

晶穂はその時間に、雪季の存在を必要としているのだ——

「行って、ハル——ううん、お兄ちゃん」

「……今後は、その呼び方でいくつもりか？」

「今だけだよ、もちろん。ハルがその呼び方を許すのは、一人だけでしょ？」

「ああ、そうだ」

春太は迷うことなく頷いた。

この家で「はじめまして、お兄ちゃん」と真実を明らかにした少女は、今はもう本当に妹になった。

春太は晶穂を妹として認め、受け入れると決めた。

だが、それだけでは春太と晶穂、雪季の三人の物語は終わらない。

「ここで走り出さなきゃ、ロックじゃねぇよな」

「わかってんじゃん。ロックでいこうよ」

ここから新たに始めなければならないのだ。

春太と晶穂の幸せのため——

なにより、雪季を幸せにするために——


「雪季！」

「わっ？」

雪季が、ぴょんと跳び上がって驚いている。

春太は全力疾走し、雪季はのんびり歩いていたおかげか、すぐに追いつけた。

雪季がいたのは、例のなにかと因縁がある児童公園だった。

ほんの一ヶ月ほど前に、ここで倒れている晶穂を発見したばかりだ。

雪季はその公園内で、ブランコにスマホを向けて写真を撮っていた。

まだ朝早いからか、他に人影はない。

「……雪季、なんで写真なんか撮ってるんだ？」

「き、記念といいますか。この公園の遊具も古いですし、いつなくなるかわかりませんし」

「なるほどな」

このブランコは、春太と雪季が初めてキスした場所でもある。

雪季が記念に写真を残しておきたいと思うのは、自然なことだ。

「あの、お兄ちゃん？　私、なにか忘れ物しましたか？　俺もチェックを手伝っただろ」

「いや、全部雪風荘に持っていったと思う。俺もチェックを手伝っただろ」

「はい、そうでしたね。えーと、それなら……」

雪季は、こくこくと頷き、口元に手を当てて考え込む。

「あ、お昼はオムライスをつくって冷蔵庫に入れておいたのでチンしてくださいね」

「聞いたよ」

「晩ご飯は昨夜のカレーが残ってるので、あたため直して食べてください。けっこう時間がかかるので、かきまぜながらコトコトあっためないとダメですよ？」

「わかってる」

「あっ、一つ言い忘れてました！　リビングの加湿器、フィルターの交換が必要なので、新しいのを買っておいてください。型番はリビングの棚のマニュアルを見て確認して――」

「それは知らなかったが、ちゃんとやっておく」

家族の健康のためにも、冬の加湿は重要だ。

もう春だが、まだしばらく加湿器には活躍してもらわなければならない。

ただ、それは緊急の課題ではない。

「オムライスもレンチンできるし、カレーもあたためられる。加湿器のフィルター交換だってできる。雪季の涙で濡れた服も洗濯できる。俺だって子供じゃないからな」

「そ、そうですよね」

「でも、俺は雪季の料理が好きだ。母さんが職場復帰してから、ずっと雪季にメシをつくってもらってきたんだからな」

「え、はい。その……ありがとうございます。お兄ちゃんがいつも美味しそうに食べてくれるから、私も頑張ってつくろうと思って……って、なんのお話なんですか？」

雪季は完全に戸惑っているようで、オロオロと視線をさまよわせている。

春太もなにを言うべきか決めてこなかったので、上手く話ができないが――

「そうだな、上手く話そうとか小賢しい。まったく俺は優柔不断で、いろいろ先送りにして、雪季のこともずっと迷わせてきたよな」

「そ、そんなことは……私たちみたいな状況で迷わないほうが変ですよ。お兄ちゃんは真面目で、私のことを思ってくれるから迷ったんです。迷ってくれて嬉しいくらいです」

「……なんだかなあ。雪季のほうこそ、俺を甘やかしてるよな。なあ、雪季。俺もおまえにゲームとか勉強とかいろいろ教えてきたけど、もう一つだけ教えていいか？」

「お兄ちゃん……？」

雪季はまだ戸惑いつつも、小さく頷いた。

「俺に洗濯くらいさせろ。加湿器のことくらい自分で気づかせろ。メシくらいたまには自分で用意させろ」

「え……？　一つじゃなくて、たくさん言ってませんか？」

「大事なことは一つだ。つまりな……兄を甘やかすな」

「兄……？」

雪季は、びくりと反応する。

大きな目を見開き、吸い込まれたかのように春太の顔を見つめてくる。

春太はその視線に怯まず、まっすぐに見つめ返して——

「雪季、おまえは俺の妹だ」

「えっ⁉」

雪季は短い悲鳴を上げ、また跳び上がりそうなほど驚いた。

というより、言った春太自身が驚いている。

ここまではっきり言うつもりはなかった——だが、自分を止められなかったのだ。

「あ、あの、お兄ちゃん？　私、もう妹じゃないってことで話はまとまりましたよね……？」

「そうだな、血の繋がりはないし、雪季自身ももう俺の妹でいたくない。それはよくわかってる。わかっているが……俺にとって雪季は妹なんだよ」

「お、お兄ちゃん……」

雪季はふらついて、ブランコの鎖を掴んだ。

「ちょ、ちょっと待ってください。話が去年の春まで戻ってませんか？」

「戻っちゃいけない理由はないだろ」

幸せだった過去を取り戻して、なにが悪いというのか――

春太は開き直っていることは自覚しつつ、まだ止まれなかった。

「この数ヶ月、俺と雪季と晶穂、それにみんなでぶつかったり、わかり合ったりしたことは無駄じゃないと思う。それで、最後に辿り着いた結論がそれなんだよ」

「そ、そんなこと……言われても……」

雪季は、ブランコの鎖をぎゅっと掴んでいる。

掴んでいないと倒れてしまうのかもしれない。

「お兄ちゃんを甘やかすとか……そんなの考えたこともないですし……」

「だったら俺のことは置いといてくれ。雪季、おまえはどうしても桜羽の家を出たいのか？」

「ほ、本当に話が戻ってます。そんなこと……だって……」

雪季は、明らかに足元がふらついている。

今にも地面に膝をついてしまいそうだ。

「私は、桜羽の家にいたらずっとお兄ちゃんの妹のまま……お兄ちゃんに甘えちゃうんです。だから、家を出て雪風荘に……」

「ああ、雪季の決意もよくわかってる。その上で、雪季には桜羽の家にいてほしい」

春太は前に出て、雪季の手を掴む。

しがみつくなら、ブランコの鎖ではなく自分に掴まってほしい。

「俺は、とっくにわかっていたはずなんだ。俺は、妹の雪季が好きなんだよ」

「………っ」

掴んだ雪季の手から、震えが伝わってくる。

その震えは大きく、まるで春太の手を振り払おうとしているかのようだ。

「お、お兄ちゃん、なにを……」

「昨夜のゲームも楽しかったな。やっと受験も終わって、雪季も遊んでいい時期なんだ。俺だって、まだ大学受験でガツガツするには早いだろ」

「兄妹みたいに遊びたいってことですか……？」

「みたいに、じゃない。兄妹として遊びたいんだよ」

「………っ」

春太が掴んだ雪季の手が、びくんと震える。

さっきからあまりにも彼女を動揺させてしまっているが、春太は伝えるべきことをここで言い切るつもりだった。

「雪季は嫌か？　父さんと母さんが離婚する前みたいに、兄妹でゲームして、買い物行って、一緒にメシを食うのは」

「で、でも……私たち、あんなこともあったのに」

雪季は、かぁっと顔を赤くする。

もちろん、受験前夜に春太と雪季が一線を越えたことを言っているのだろう。

そうだ、あんなことをした以上、春太と雪季は兄妹と言えないかもしれない――

「ただ、俺は雪季が好きで――妹だから雪季が好きなんだよ。それはもう間違いない。常識とか倫理とか、その感情の前ではなにも関係ないんだ」

「お、お兄ちゃん……本気で言ってるんですか？」

激しくまばたきして動揺を示す雪季に、春太は黙って頷いてみせる。

自分でも、とんでもないことを言っているのは理解している。

ただ、ごまかしたり、取り繕ったりしていては、雪季の心を動かすことはできない――

「雪季のことは妹として好きで、女の子としても好きだ。これが俺の本当の気持ち、素直な気持ちなんだよ」

「ほ、本気なんですか……」

雪季は、さっとうつむいてしまう。

うつむき、肩を震わせ、膝もガクガクと震えて――

「なあ、雪季。俺は――」

「待って！」

春太がさらに言葉を続けようとしたところで。

雪季が顔を上げ、睨むような視線を向けてきた。

「ずるい……ずるいです、お兄ちゃん！」

「え？」

「私だって、妹だけどお兄ちゃんが好きに決まってるじゃないですか！　でも、そんなの変だからずっと我慢してきたんです！　なのに、お兄ちゃんだけ……お兄ちゃんだけ、それを認めてはっきり言っちゃうなんて……！」

「雪季、今まで言ったことなかったか？　態度にはだいぶ出てた気がするが……」

「少なくとも、私自身は我慢してたつもりでした！」

雪季は、拳を握り締めて春太の胸にドンと叩きつけてきた。

パワーに欠けているので、春太の胸板にはほとんどダメージはない。

「……私だって」

「え？」

「私だって、お兄ちゃんのお兄ちゃんが好きです」

「……ややこしいが、言いたいことはわかる」

「わかってもらわないと困ります……」

雪季は春太の胸に拳を当てたまま、再びうつむいてしまう。

「……でも、ダメです。雪風荘には透子ちゃんも入るんです。明日には来るはずです」

「この前、卒業式で透子に会っただろ。あのとき、あいつ、自分は一人でも雪風荘で上手くやっていけるみたいな話をしてた。なにを言ってんだろと思ったが、要するに……雪季を引き留めてもいいって言ってくれてたんだな」

透子は、短い間とはいえ、春太と雪季を間近で見ていた。

だから、この展開を予想していたのかもしれない。

「でも、つららちゃん先輩も……雪風荘に入るって言ったら喜んでくれて、歓迎会の準備もしてくれてると思います」

「歓迎会には出ればいい。でも、だからといって入居しなくちゃいけないとは限らない」

「限りますよ！　歓迎会に出て、入居しないなんて図々しすぎます！」

「そんなことは問題じゃないのは、雪季もわかってるだろ」

歓迎会は、少なくとも透子は入居するのだから開催されるはずだ。

春太もつららには多少悪いとは思うが、だからといって雪季を行かせる理由にはならない。

「……いいんですか？」

「ああ」

「冬舞ちゃんと会ったときにも言いましたよね……妹はカノジョにしちゃいけないのに」

「俺は、妹だからカノジョにしたいんだよ。もう一度、俺と雪季で兄妹の関係を始めよう。好きだってことを認めて、その上でもう一度兄妹になろう」

「お兄ちゃん……メチャクチャです」

「だけど、これが俺の望みだ。悩んで迷って、辿り着いた最後の答えだ」

そうだ、もう迷いも先延ばしもできない。

両親の離婚から始まり、晶穂が明かした衝撃の事実を経て、ここまで来た——

今、目の前にいる女の子は妹で。

決して手放したくない、好きな女の子でもある。

「私、お兄ちゃんのマネをしてゲームを始めました」

「うん？」

「私、いくつになってもお兄ちゃんのマネをしちゃうみたいです。そうです、私もお兄ちゃんと同じ……兄妹の関係をもう一度始めたいです。私は妹で、お兄ちゃんのことが好きな女の子なんです」

「ああ、雪季……」

春太は、雪季の手を摑んだまま引き寄せて、抱きしめた。

「お兄ちゃんっ……！」

雪季も逆らわずに春太に抱きついてくる。

今の雪季は、昨夜のように泣いていない。

嬉しさが溢れて、輝くような笑みを浮かべて。

ぎゅっと春太に抱きついている。

迷いに迷い、ようやく辿り着いた、二人でいられる場所。

今、春太と雪季に芽生えている確かな気持ちは、長い回り道をした上で手に入れたもの。

兄と妹として積み上げてきた時間があっても、二人は恋をすることが許される。

そう、恋ができる――

この答えは、誰にも崩せない。

冬野雪季は、妹でありカノジョでもある。

春太は、ここでやっと妹の雪季とカノジョの雪季をこの腕に抱くことができたのだ――

妹はカノジョにできないのに

IMOUTO HA KANOJO NI DEKINAI NONI

Yukagami Presents
Illust by sankuro

第10話　エピローグ

例年よりも、春の訪れは早かった。

四月になったとたんに気温はぐんと上がり、人々は慌ててコートを脱ぎ捨て、新しい上着を用意しなくてはいけなかった。

「はぁ、美味しい……やっぱ起きたら朝メシ用意されてるのって最高だね」

「おまえ、なんだかんだいっつも食ってんな」

そんな春の朝、桜羽家のリビング。

春太は、晶穂と向き合って座っている。

まだ春休みなので、晶穂はいつものごとくパーカー一枚だけの格好だ。

ローテーブルには、焼いたトーストにバターをたっぷり塗ったもの、ハムエッグに焼いたソーセージ、サラダ、スープまでついている。

春太はもちろん、晶穂も旺盛な食欲を見せ、ぱくぱくと勢いよく食べているところだ。

「最近、忙しいからね。たくさん食べて、体力つけないと」

「Ｕ　Ｃｕｂｅもまだ伸びてるもんなあ。今、畳みかけずにいつ畳みかけるのかって話か」

「今はなにをやっても視聴者に褒められるからね。再生数もググン伸びるし、笑いが止まんないね。キラさんもニッコリだし、美波マネさんも臨時ボーナスが出たとかで喜んでたよ」

「それでか、昨日のバイト、美波さんが馬鹿に機嫌がいいと思った」

その臨時ボーナスとやらは、ゲーム代に消えることは間違いないが。

晶穂がＵ　Ｃｕｂｅで利益を出して、スタッフにも還元されているのはいいことだ。

「ただ、今はボーナスタイム中でも、それだけにこのタイミングで炎上とかしたらヤバいぞ」

「ハルと別れておいてよかったかもね。あたし、アイドル的な人気もあるからね」

「……同居がバレないように気をつけないといけないのか」

家族で暮らしているのだから、批判されるいわれもないが、対策は必要だろう。

春太は美波と相談しておこうと決める。

実際に、美波はマネージャーとして有能で晶穂はなんの不安もないようだ。

有能で信頼できる美波には、晶穂の心臓のことも既に話してある——

「晶穂、病院のほうは……昨日も行ったんだよな？」

「今回も異常なし。ま、しばらくはくたばらないよ」

「お、おまえなあ……言い方ってもんが」

春太はパリッとソーセージを噛みながら絶句してしまう。

「人間、いつかは死ぬ。そんなのが怖くて弱気になるのは、ロックじゃないよ」

「出たな、ロック。まあでも……晶穂にはロックを貫き通してもらわないとな」

「もちろん、死ぬまでロックだよ、あたしは」

晶穂は、ニヤッと笑う。

彼女の身体のことは決して楽観してはいけない。

心臓の病気で世を去った母親の遺伝子を継ぎ、一度は倒れたことは事実なのだ。

だが、ロックの魂を持って攻めていく晶穂を誰が止められるだろうか。

「強気強気でガンガンいくから、よろしくね、お兄ちゃん」

「お兄ちゃんヤメロ。兄貴でいいが、おまえにそう呼ばれるとなんか怖いんだよ」

「照れちゃってもう。あ、そうだ。昨日、帰りが遅かったからまだこれ見せてなかったね」

「うん？　なんだ？」

晶穂は、パーカーのポケットからスマホを取り出して操作し、ローテーブルに置いた。

そこには、写真が表示されていて――

「これ、もしかしてＣＤのジャケットか？」

「そう、まだテストバージョンだけどチェックしてくれってさ」

晶穂こそ、少し顔が赤くて照れているようだ。

ジャケットには大きく晶穂の顔が写っている。

「ちょっと恥ずいけどさ、ＵＣｕｂｅでずっと顔を隠してきたから、逆に今度は顔を大きく出そうってコンセプトでさ」

「ああ、いいんじゃないか。これが恥ずかしくて、昨夜は見せられなかったんだな」

「うっさいな。でもこれ、ハルだからね」

「うっ……もしかしてと思ってたが、やっぱそうなのか」

晶穂の左右にシルエットの人物が二人いる。

明らかにベースとドラムの二人で、謎のベーシスト〝ハウル〟とモデルの青葉キラだろう。

ＵＣｕｂｅでＡＫＩＨＯチャンネルを見ている人なら、誰でも気づくのではないか。

「俺も青葉さんもあくまでお手伝いなのに、ジャケットに出るのか……あれ、この二人は？」

よく見ると、晶穂と春太に重なるように、うっすらとしたシルエットが浮かんでいる。

そちらも二人分のシルエットのようだ。

「これ、『Ｌｏｓｔ　Ｓｐｒｉｎｇ』のジャケだよ。オリジナルのメンバーに敬意を表さないとね」

「……ありがとな」

「ま、こんなのあたしの自己満だけどさ。やっても、誰も損はしないでしょ」

晶穂は素っ気なく言った。

つまり、月夜見秋葉と山吹翠璃の写真から加工したシルエットらしい。

ＣＤを買うファンにはなんだかさっぱりわからないだろうが、それでも晶穂は曲をつくった二人の女性をジャケットに載せた――

「ハル、これでいい？　ご本人たちの許可はもらえないから、翠璃さんの代理としてあんたの許可をもらわないとね。お母さんの代理のあたしはもちろんオッケー。ハルは？」

「答えはわかってるだろ」

春太は笑って頷いた。

LAST　LEAFの二人が叶えられなかった夢であるCDデビュー。

今、その夢を叶えようとしている晶穂のCDで二人への敬意を表するという話に、文句があるはずもない。

「じゃ、これでOK出しとくね」

「また墓参りに行かないとな。俺の母親の墓前にも、CDを供えておこう」

「お買い上げありがとうございます」

「俺、自腹で買うのかよ！」

雪季にはプレゼントするという話だったはずなのだが。

「まあ、それはそれとして」

「さらっと流そうとすんなよ」

「雪季ちゃん、なにしてんの？　朝ご飯用意して、二階に行っちゃったけど」

「今さら訊くなよ。雪季は身支度があるんだろ。今日はあそこに行くんだよ。挨拶のために」

「ああ、今日だっけ。ハルもついていくの？」

「玄関までだけどな」

春太は苦笑しつつ頷いた。

ＣＤデビューも重要だが、他にも大事なことがある。


「はー、今年は美少女が二人も入ってくる予定でウキウキしてたのに。ウチの期待、裏切られちゃったなあ」

「わ、悪かったって、つららさん」

春太は、雪風荘の玄関前で冬野つららに詰められていた。

つららは今日は学校に用事があるらしく、水流川女子のベージュのセーラー服姿だ。

玄関で立ち話をしているのは、雪風荘が男子禁制で基本的に肉親であろうと中に入れないからだ。

「ははっ、冗談、冗談。たまに入居辞退する人はいるからね。たぶん、空き部屋も募集かければすぐに埋まるんじゃない？」

「そうか、それならよかった……」

「誰かミナジョの新入生の美少女、知らない？　桜羽くん、美少女の知り合い、いっぱいいるんでしょ？　アッキーが言ってた」

「……晶穂はあとでドツくとして。協力できることがあったらするよ……」

「女の子絡みだと頼りになるね、桜羽くん！　おおっと、もう行かなきゃ。雪風荘、女の子のいい匂いするけど、フラフラ中に入らないようにね！」

「俺をなんだと思ってんだ？」

　つららは、ポンと春太の肩を叩くと元気よく出かけていった。

　雪風荘からミナジョまでは徒歩ですぐの距離だ。

「お兄さん」

「おっ、透子」

　つららと入れ替わりのように、透子が雪風荘の玄関に出てきた。

　こちらはなぜか、以前に旅館〝そうげつ〟で着ていた着物姿だった。

「なんだ、その格好？」

「いえ、どうしても朝の五時には起きて掃除しないと落ち着かなくて。この格好だと気合いが入るんです」

「気合いって……共有スペースまで掃除してるのか、透子？」

「雪風荘は広いので、掃除のし甲斐があって助かりました」

「おまえ、もっと気楽に暮らしていいんだぞ……？」

　幼い頃から旅館の娘として働いてきた透子は、労働しないと気が済まないらしい。

雪風荘の清掃を住人がやっているのか業者を呼んでいるのか春太は知らないが、透子が一人で掃除する必要はないだろう。

「働くのは大好きですから。雪風荘も趣のあるいい建物で掃除したくなるんですよね」

「そ、そうなのか」

本人がやりたいなら、春太が文句を言うことでもないが……。

「それより、透子……その、悪かったな。本当におまえが一人で雪風荘に入ることになって」

「え？　いえ、一人じゃないですよ。先輩方もみなさん優しいですし、周りにお店も多くて便利ですし、理不尽なクレームをつけてくるお客様もいませんし、天国ですよ」

「さらっと愚痴が漏れてるぞ」

「あ」

透子は、はっとなって手で口元を押さえた。

この若さで将来の女将候補として働くのは、やはり苦労が多いらしい。

「でも、本当に大丈夫ですよ。雪季ちゃん、時々雪風荘に泊まりにきてくれるらしいですし、他にも新入生がいて仲良くなってますから」

「そうか、さすがだな」

透子は雪季よりもはるかにコミュ力が高い。

早くも雪風荘での生活に慣れているようだ。

「それで、そういえばその雪季は？」

「他の住人のみなさんにご挨拶してるはずですが……ずいぶん長いですね。今からでもいいからやっぱり引っ越しておいで、ってススメられてましたけど」

「おいおい」

春太が一世一代の決意をして、雪季を引き留めたのに、雪風荘に引っ張り込まれては困る。

「ふふ、雪季ちゃんが雪風荘に入るなら、私が代わりに桜羽家にお世話になりましょうか。そうなったら、お兄さんとのチャンスも生まれますから」

「おいおいっ！」

「冗談です。ですが、私のほうも……お兄さんのお家に〝遊びに〟行っていいですか？」

「……遊び、を意味深に言うのをやめたらな」

春太がそう答えると、透子はくすくすと笑った。

ある意味で、初対面のときの生意気さが多少戻ってきているようだ。

あのオラオラだった透子も、彼女の一面ではあるのだろう。

「ま、いつでも遊びにこい。また透子のメシも食いたいしな」

「はい、そうげつの自慢のレシピ、たくさん教わってきたので！」

「ああ、楽しみだ」

春太は、透子の頭を軽く撫でる。

トレードマークのポニーテールが、ふわふわと揺れる。

「相変わらず、透子ちゃんは油断できませんね……」

「わっ、雪季!?」

「ふ、雪季ちゃん！　誤解だよ、まだなにもしてないから！」

いつの間にか雪季が雪風荘の玄関に現れていて、じとっとした目を春太と透子に向けていた。

今日は、こちらで通っていた中学の制服、白いブレザー姿だ。

住人たちへの挨拶なので中学制服の着納めを兼ねて、正装したらしい。

「いいですよ、ライバルは多いほうが楽しいですから。私、ゲームも難易度高いほうが好きですからね」

「そ、そうなの？　本心じゃなさそうで怖い……」

「ウチの妹、けっこう怖いトコあるからな……」

透子も田舎の中学でのゴタゴタでは、春太が駆けつけて邪魔をしなければ、いずれ雪季からの逆襲を受けていた可能性も高い。

「もうー、私は穏やかな妹ですよ。挨拶は一通り終わりました。みなさん、笑って許してくれました。でも今度、お詫びにお料理をつくりにくるつもりです」

「いいね、雪風荘ではみなさんでパーティすることも多いから。お鍋とか、みんなで食べられるものを一緒につくろう、雪季ちゃん」

雪季の宣言に、透子が笑って頷いた。

このよく似た従姉妹たちの料理は、雪風荘の人たちの舌を楽しませることだろう。

「あ、そうです、そうです。聞いてください、透子ちゃん。私、青葉キラさんの事務所でモデルを始めるんです。ほら」

「わっ、凄い。プロが撮った写真みたい」

雪季がスマホを掲げて見せたのは、つい先日、ネイビーリーフのスタジオで撮ってもらった〝宣材写真〟だった。

雪季がオシャレな服装をして、背筋を伸ばしてポーズを取った写真だ。

「プロが撮ってくれたんですよ。透子ちゃんも一緒にモデルしませんか？　キラお姉さんは、可愛いＪＫがもっとほしいそうです。実は、つららちゃん先輩にも声をかけておきました」

「意外なコミュ力発揮してるね、雪季ちゃん……ちょ、ちょっとやってみようかな」

「是非！　透子ちゃんが一緒なら私も心強いです！」

「ちゃっかり仲間を増やす気だな、雪季」

なんだかんだでモデルの仕事に不安がある雪季は、仲間を増やして安心したいようだ。

まだ危なっかしいのか、しっかりしているのかわからない。

ただ、雪季は確実に変わっていっている――

それは春太の妹に戻り、カノジョになった今は歓迎するべきことだった。

春休みは短い。

あっという間に過ぎ去って、今日からは高校二年生の一学期が始まる。

「ん……」

春太は、カーテンの隙間から差し込んでくる光に顔をしかめた。

春休みもいろいろあったせいか、身体が疲れていて、毎日寝起きはよくない。

だが今日からはもう、朝寝というわけにはいかない。

仕方なく、春太がゆっくり目を開けると――

「え……？」

「あっ」

「わっ」

「「きゃあああああああっ！」」

春太が声を漏らしたのに続いて、二人分のきょとんとした声が聞こえて。

さらに続けて、二人分の悲鳴が響いた。

「はー、びっくりしました。お兄ちゃん、思ったより早く起きましたね」

「ハル、ちゃんと起きるじゃん。びっくりした」

る最中だった。

雪季はベージュのセーラー服に、薄いブラウンのミニスカートで、そのスカートをはいてい

雪季と晶穂の二人がいて、二人とも今まさに制服に着替えている最中だった。

春太のベッドのそばに――

「……なにしてんだ、雪季、晶穂」

はきかけのスカートから、白いパンツがちらっと見えている。

晶穂はチェックのミニスカートをはき、おなじみのパーカーを着ようとしているところで。

黒いブラジャーに包まれた大きい胸の谷間が、くっきりと見えている。

「雪季ちゃんが、着替えをするならハルの部屋じゃないと落ち着かないっていうから。じゃあ、あたしも付き合おうかなって」

「いや、おまえら絶対俺が目覚めるタイミングで着替え始めただろ……」

「そんなことないよ、お兄ちゃん」

「お兄ちゃんヤメロって言ってんだろ、晶穂……」

晶穂の場合、学校でもその呼び方をやりかねない。

いくら晶穂を妹だと認めたといっても、学校で公表するつもりはない。

誰に対しても、なにもかも明らかにする必要はないだろう。

「私はもう、晶穂さんがお兄ちゃん呼びしても怒りませんよ？　あんまり」

「あんまりってなんだ!?」

「透子ちゃんや冬舞ちゃんのお兄さん呼びもギリ認めてるくらいですから、寛大です」

「ギリだったのか!?」

春太は驚きのあまり、眠気が吹き飛んでいく。

雪季は、従姉妹にも実の妹にも容赦しないようだ。

もとから仲が良い従姉妹はもちろん、実の妹のほうも姉に懐いてくれているのに。

「冗談です。私は妹としてもカノジョとしても心が広いんですよ」

「よかったね、ハル。二人続けてカノジョの心が広くて」

「……本当、よかった」

頷く春太の前で、二人が着替えを終えた。

雪季は水流川女子の制服姿、晶穂は悠凜館の制服姿だ。

「毎朝、妹の着替えを見てきたが、これからは二人になるのか……」

「ハルも一緒に着替える？　なんなら着せ替えてあげようか？」

「私は着替えさせてもらっても、全然かまいませんよ」

「おい、ガチっぽくてやべぇよ」

同じ部屋で着替えてもらうだけで、かなりどうかしている。

お互いに着替えをさせるのは、間違いなくアウトだろう。

「つーか、あたしは毎日は無理。マジ眠い……ちょっと二度寝しようかな」

「朝ご飯の支度をしますから、晶穂さんは寝ててもいいですよ。ちゃんと起こしますから」

「おお、デキた妹だ……おやすみー」

「って、俺のベッドで寝るのかよ！」

晶穂は本気で寝るつもりらしく、春太の布団に潜り込んですぐに寝息を立て始めた。

制服がシワになるのでは、と春太は変なことが気になった。

「晶穂さん、妹になって余計にお兄ちゃんと仲良くなったような……距離、間違いなく近づいてますよね」

「そうかな……元からこんなもんだったぞ、晶穂は」

晶穂との距離が近いのは大歓迎だ。

春太は秋葉の遺言を受け入れた上で、晶穂は本当の妹だと確信している。

晶穂を守るためにも、常に彼女のそばにいてやりたい――

「同じ部屋で暮らしてますからね。私、晶穂さんのことはちゃんと見てますから」

「ああ、そこまで心配しなくていいが……よろしくな」

戻ってきた雪季は、晶穂と同室になっている。

さすがに雪季か晶穂、どちらかが春太と同室というわけにもいかない。

春太は雪季と晶穂の荷物を一部、自分の部屋に置かせてやるくらいしかできていない。

父はどうやら、本気で自宅の増築を検討しているようだ。

春太はバイトを頑張って、ほんの少しでも増築の足しにできないかと考えている。

「あっ、朝ご飯つくらないと。お兄ちゃんも、少し待ってくださいね」

雪季は春太に軽く抱きつき、ちゅっとキスしてくる。

妹としてのキスなのか、カノジョとしてのキスなのか。

既に〝両方〟だと割り切った今、迷わずに雪季のキスを受け入れられている。

春太は雪季の細い腰を抱きしめて、もう一度キスしてから。

「ふふ、ちょっと照れますね」

「そうだな、でも雪季は妹でカノジョだからな」

春太は、さらにもう一度キスしてじっくりと唇を重ねて——

「ふぁ……ええ、あと三年はそうですね」

「三年か。けっこう長いよな」

「その三年、私は楽しみますよ」

雪季は春太から離れると、にっこりと笑った。

はっきりと約束を交わしたわけではない。

だが、春太と雪季は〝妹でカノジョ〟という関係は三年で終えるつもりでいる。

三年後、雪季が十八歳になったら——カノジョという肩書きが別のものに変わる予定だ。

おそらく、二人の気持ちは三年経ってても変わらない。

すぐそこで寝ている晶穂も、きっと祝福してくれるだろう。

『雪季ちゃんはねー、おにいちゃんとけっこんするんですよ』


いつだったか、幼い雪季が語っていた夢。

実の兄妹でなくなり、失われたものもあったが、今はその夢が夢でなくなっている。

「あと三年は、私は妹でカノジョでいられるんですから。長くても楽しみですよ」

「ああ、俺の妹でカノジョだな」

妹はカノジョにできない。

だが、春太と雪季は結ばれ、いつか永遠の誓いを交わすことになる。

春太は朝から世界一幸せな兄だった。


これからもずっと、世界一幸せであり続ける。

〈終〉

あとがき

遂に、遂に『妹はカノジョにできないのに』完結です……！

ここまで読んでいただき、本当にありがとうございました！

目指していたゴールに無事にたどり着けて、ほっとしています。

実は今後執筆するカクヨム版ではラストを別の形にする予定でしたが、このエンディングが好きすぎて変更しづらいです。どうしようかな……と贅沢な悩みを抱えてしまいました。

春太と雪季ちゃんと晶穂さんが、〝妹〟と〝カノジョ〟の狭間で苦しみ迷いましたが、今は笑っています。冷泉や透子、美波、涼風たちも居場所を見つけました。

とてもとても幸せな物語になったと思います！

最後まで〝妹〟は可愛くて、そこはずっと変わらなかったことが本当に嬉しいです。

イラストの三九呂先生、コミカライズのちくわ。先生、担当編集さん、この作品に関わってくださったすべての皆様。

そして、書籍版とカクヨム版の読者の皆様に最大限の感謝を！　ありがとうございました！

２０２３年秋　鏡遊

本書に対するご意見、ご感想をお寄せください。

ファンレターあて先
〒102-8177　東京都千代田区富士見2-13-3
電撃文庫編集部
「鏡 遊先生」係
「三九呂先生」係

読者アンケートにご協力ください!!

アンケートにご回答いただいた方の中から毎月抽選で10名様に「図書カードネットギフト1000円分」をプレゼント!!

二次元コードまたはURLよりアクセスし、
本書専用のパスワードを入力してご回答ください。

https://kdq.jp/dbn/　パスワード　ryrm2

●当選者の発表は賞品の発送をもって代えさせていただきます。
●アンケートプレゼントにご応募いただける期間は、対象商品の初版発行日より12ヶ月間です。
●アンケートプレゼントは、都合により予告なく中止または内容が変更されることがあります。
●サイトにアクセスする際や、登録・メール送信時にかかる通信費はお客様のご負担になります。
●一部対応していない機種があります。
●中学生以下の方は、保護者の方の了承を得てから回答してください。

本書は、カクヨムに掲載された『妹はカノジョにできないのに』を加筆・修正したものです。

この物語はフィクションです。実在の人物・団体等とは一切関係ありません。

電撃文庫

妹(いもうと)はカノジョにできないのに 5

鏡(かがみ) 遊(ゆう)

2023年11月10日　初版発行

発行者　山下直久
発行　株式会社KADOKAWA
〒102-8177　東京都千代田区富士見2-13-3
0570-002-301（ナビダイヤル）
装丁者　荻窪裕司（META＋MANIERA）
印刷　株式会社暁印刷
製本　株式会社暁印刷
※本書の無断複製（コピー、スキャン、デジタル化等）並びに無断複製物の譲渡および配信は、著作権法上での例外を除き禁じられています。また、本書を代行業者等の第三者に依頼して複製する行為は、たとえ個人や家庭内での利用であっても一切認められておりません。

●お問い合わせ
https://www.kadokawa.co.jp/（「お問い合わせ」へお進みください）
※内容によっては、お答えできない場合があります。
※サポートは日本国内のみとさせていただきます。
※Japanese text only

※定価はカバーに表示してあります。

©Yu Kagami 2023
ISBN978-4-04-915127-5　C0193　Printed in Japan

電撃文庫　https://dengekibunko.jp/

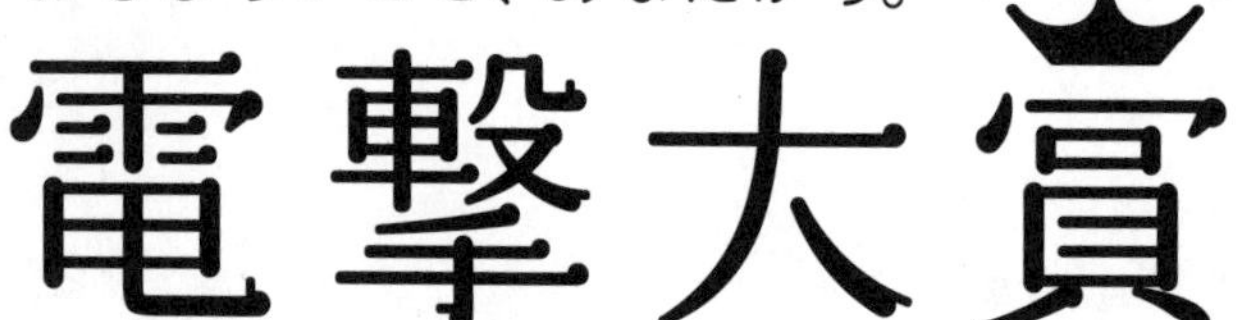

自由奔放で刺激的。そんな作品を募集しています。受賞作品は「電撃文庫」「メディアワークス文庫」「電撃の新文芸」などからデビュー！

上遠野浩平（ブギーポップは笑わない）、
成田良悟（デュラララ!!）、支倉凍砂（狼と香辛料）、
有川 浩（図書館戦争）、川原 礫（ソードアート・オンライン）、
和ヶ原聡司（はたらく魔王さま！）、安里アサト（86－エイティシックス－）、
瘤久保慎司（錆喰いビスコ）、
佐野徹夜（君は月夜に光り輝く）、一条 岬（今夜、世界からこの恋が消えても）など、
常に時代の一線を疾るクリエイターを生み出してきた「電撃大賞」。
新時代を切り開く才能を毎年募集中!!!

おもしろければなんでもありの小説賞です。

- **大賞** …………………… 正賞＋副賞300万円
- **金賞** …………………… 正賞＋副賞100万円
- **銀賞** …………………… 正賞＋副賞50万円
- **メディアワークス文庫賞** ……… 正賞＋副賞100万円
- **電撃の新文芸賞** ……………… 正賞＋副賞100万円

応募作はWEBで受付中！　カクヨムでも応募受付中！

編集部から選評をお送りします！

1次選考以上を通過した人全員に選評をお送りします！

最新情報や詳細は電撃大賞公式ホームページをご覧ください。

https://dengekitaisho.jp/

主催：株式会社KADOKAWA